しらたま封魔伝！

魔眼の少女

Hayato Tsukui
津久井　隼人

文芸社

目次

序章　墓前の少女

敷き詰められた玉砂利《じゃり》の上を歩いていく。

立ち並ぶ墓石の前をいくつも通り過ぎ、やがて、大場家之墓と刻まれた墓石の前で足を止めた。一般的によく見かける角柱形のお墓だ。

送り盆が過ぎた八月十七日。いつもはひっそりと物寂しく立っている無味乾燥な墓石の群れも、この時期は色鮮やかな花々で彩られている。

「今年も来たよ」

肩口で切り揃えられた髪に、きりっとした顔立ちをした十代半《なか》ばほどの少女が、墓前に向かって告げた。哀しみと愁《うれ》いを隠しきれない、そんな泣き出しそうな微笑で。

「文明堂のカステラも買ってきた。桃子ちゃんの大好物だもんね」

墓誌と呼ばれる石碑の最後に、少女が口にした「桃子」という名前が刻まれている。

享年十一。唐突に訪れたのだろう、あまりにも若すぎる死だ。

少女は持参した花を花立てに添えて、包装紙を剥《は》がしたカステラを進ぜる。ライターで火を点《つ》けた一束の線香を上げ、深く目を閉じて両手を合わせた。

緩やかな風が通り過ぎ、流された線香の匂いが少女の身体を包み込む。

『由紀、一緒に放送委員やろうよ』

『うん。でも桃子ちゃん、今度は体育委員やりたいって言ってたよね？』

『そうなんだけど。やっぱり由紀の面白い話を一番近くで聞きたいし』

『うわあ、プレッシャーだよ～』

『えへへ。今から楽しみにしてよーっと』

毎年、ここに来るたびにいろいろな思い出が自然と蘇ってくる。

少女はゆっくりと目を開く。いくら思い出が蘇っても、少女の前にはもう、あの仲良しだった子の姿はない。どんなに願っても、あの子が自分に笑いかけてくれることなんて、決して叶《かな》うことのない夢だ。

「ごめんね……」

少女の両目から涙が溢《あふ》れた。

「桃子ちゃん……」

頬《ほお》を伝い落ちる涙を拭《ぬぐ》おうともせずに、少女——奈良由紀《ならゆき》は墓前に向かってひたすら謝り続けた。それ以外の言葉を忘れてしまったかのように。

——ごめんね、と。

一章　明神ヶ岳の神隠し

一

明神《みょうじん》ヶ岳《がたけ》山頂へと至る登山道から外れた、杉や下草などが生い茂る山中で、事は起きた。

明神ヶ岳の西斜面にほどよくひらけた空間がある。バスケットコート一面分ほどの広さのそこは、膝丈《ひざたけ》ほどある下草が茂っているが、まるで切り取られたかのように高木が生えていない。広場から山頂を望む斜面には、熊でも棲《す》んでいそうな洞穴がぽっかりと口を開けている。

季節は夏の八月下旬。天候は前夜の雨雲がすっかり姿を消した晴天だ。

夜が明けて間もない現時刻、その広場には十四匹の異形《いぎょう》の姿があった。

二メートルを超える巨躯《きょく》に金色の瞳、白い鬣《たてがみ》を持つ獣――黒狼《こくろう》。両腕が鳥の翼になっている小柄な猿のような獣――有翼猿《ゆうよくえん》。オランウータンのような身体に烏《からす》の頭を持つ獣――剛猩《ごうしょう》。鋭く尖《とが》った牙を持つ濃緑色をした双頭の犬――魔犬。長い鞭《むち》のような尾と真っ赤に染まった嘴を持つ鳥――紅鷲《べにわし》。他にも名もなき化け物が数匹、いずれも動物図鑑には載っていない生物だ。

魔物、と人は呼ぶ。

すべての生物にとっての天敵。魔物は人肉さえも好んで喰《く》らう。

魔物たちから三十メートルほど離れた山中で、二人の男が気配を断ち、草木の陰に身を隠して魔物の動向を窺っていた。無精髭《ぶしょうひげ》をたくわえた壮年の男と口元をマスクで覆った短髪の少年は、どちらも紺色で統一された忍装束《しのびしょうぞく》を身につけている。風魔《ふうま》の忍だ。魔物が徒党を組まんとしている可能性を示唆する情報を元に、三人一組で魔物捜索の任務に当たっていた彼らは、発見した一匹の魔物のあとを尾《つ》け、この場に辿《たど》り着いた。

さすがにこの数が相手だと三人では手に余る。早々に三人の中で一番足の速い者に応援を呼びに行かせた。忍は徹底した現実主義だ。ありのままを受け入れ、その上で冷静に対処法を模索する。魔物の力は底が知れず、油断すると死を招く。応援を待ちつつ様子を窺っている間にも魔物の数は増え、厄介さがいや増していく。次から次へと集まり始めている魔物たちがなにを企んでいるのかは、未だに知れない。

そんな魔物の集団の中に一匹、名の知れた魔物がいた。

黒い服を着て二本足で直立している姿は人間に近いが、シャツから覗く太い腕は赤茶色の硬そうな毛で覆われており、頭頂部にはピンと立った一対の先の尖った耳。顔は狐に酷似しており、三股にわかれたボリューム感のある尾は茶色と白色でマーブル模様を描いている。

煙狐《えんこ》と呼ばれる魔物だ。

煙狐と一対一で渡り合える手練《てだれ》は忍の中でも限られてくる。精鋭中の精鋭である〝五夜《ごや》条《じょう》〟の五人、もしくはそれに匹敵する実力者だけだろう。煙狐はそれほどの魔物だった。

煙狐がいるのならこの状況にも納得がいく。同種であれ別種であれ、魔物同士が行動を共にすることは滅多にない。これほどの集団で行動するようなこととともなればなおさらであり、そうした状況下では、集団の中に必ず統率者となる並外れた力量を持つ魔物の存在が確認されている。

「――っ」

背中に緊張を走らせた少年の動きを片手を上げて制し、壮年の男は魔物から視線を逸《そ》らすことなく、意識だけを背後に向ける。彼らの後ろに静かな足取りで近付いてきたのは二人の若い忍。呼ばれてきた応援ではなく、魔物捜索に当たっていた別働班の者だ。

「魔物を追跡していたらここに。我々は反対側に」

「いらん。そっちも応援を呼びに行かせたんだろ。ここで待機してりゃいい。向こうも動く気配がないしな」

少人数でまばらに包囲網を形成してもなんの役にも立たない。数の利は魔物の側にある。別働班の二人は異を唱えることなく頷《うなず》き、魔物たちへと視線を向けた。

頭上から嘲弄《ちょうろう》するような声が降ってきたのはその時だ。

「それで隠れているつもりか?」

三人の若者の背筋に悪寒が走ったのと同時、壮年の男の指示は素早く的確だった。

「――散れ!」

四人の忍が潜んでいた場所目掛けて、数本の太い槍《やり》が降り注いだ。鋭利な刃物で切断されたような杉の木の上部だ。地面に突き刺さったものもあれば、重なり合うように倒れたものもあるが、忍たちは下敷きになる事態を回避していた。忍の瞬発力や運動能力は常人を遥《はる》かに凌《しの》ぐ。修行で会得《えとく》した〝練気《れんき》〟を纏《まと》い、扱うことで、その超人的な動きを可能としている。

葉擦れの音に視線を動かせば、直前まで一か所にかたまっていたはずの魔物たちの姿があちこちに見受けられた。

忍たちは状況の不自然さに疑念を抱く。魔物たちからは一瞬たりとも目を離してはいない。直前まで、魔物たちは一匹としてあの場所から動いていなかった。だとしたら頭上から攻撃を仕掛けてきたのは何者か。新手という可能性はあったが、攻撃を避けた一瞬のうちに、広場にいた魔物たちが背後にまで回り込めるはずがない。

状況把握のために広場へと視線を向けた忍たちは目を瞠《みは》った。風に煽《あお》られた蝋燭《ろうそく》の炎のように、魔物たちの姿が灰色の煙となって虚空《こくう》に掻き消えたのだ。

「目晦《めくら》ましの初歩も見抜けんとはな。愚かなる忍ども」

下草を踏みしめながら忍たちの前に歩み出てきたのは、嘲笑を浮かべた煙狐だった。

魔物の力量を測る指標の一つに、人語を解《かい》し操れるかどうかがある。能力の高い魔物ほど巧みに人語を解し、感情を表現する。

忍たちは攻撃に備えて一斉に腰を落とし、武器を手に構えを取った。

「四人か。余興にもなりはしないが。大事の前の小事だ。遠慮はいらん。遊んでやれ」

煙狐の命令に魔物たちが応じた動きを見せる。

壮年の男は片手を高く上げ、直ちに戦線からの離脱を指示した。

しかし、煙狐の統率力は忍の動きを上回っていた。逃げ道はすでに塞《ふさ》がれ、どんな行動を取るにしても魔物を相手取る他に道は残されていなかった。一考する間さえ奪われた忍たちに、魔物がそれぞれ独自の動きで獲物を仕留めるために牙を剥く。

壮年の男に襲いかかったのは、黒狼、有翼猿、紅鷲の三匹だった。残りの忍にも数匹ずつ魔物が襲いかかったが、煙狐が動くことはなかった。部下で十分事足りると判断したのだろう。それは正しかった。

動きの素早い有翼猿に右の太股《ふともも》を深く切り裂かれた壮年の男は反撃する間もなく、紅鷲から伸びた鞭のような尾に右腕を絡《から》め取られてしまう。身体全体が真上に引っ張られ、爪先が地面から離れる寸前、胸腹部に黒狼の巨躯が勢い任せに突っ込んできた。男は防御もままならずに吹っ飛ばされ、杉の巨木に背中を強打する。そのままふらりと前のめりに倒れそうになったが、奥歯を噛み締め、かろうじて踏み止まった。

息が乱れ、太股の傷から溢れ出した血がズボンを染め上げていく。肋骨《ろっこつ》も三本折られた。内臓に損傷がないのが救いだが、背骨が砕かれなかったことも含めて、単に手加減されたからだ。煙狐の宣言通り、いたぶって遊ぶつもりらしい。

壮年の男だけでなく、マスクの少年もまた両腕を折られて動きを封じられていた。

それでも、忍たちに焦りはなかった。状況は悪いが、じっとしているだけでも目的には近付いていく。必要なのは、応援が駆けつけるまでの時間稼ぎ。己の命は二の次だ。

だが、その瞬間の訪れには、壮年の男も感情を表に出し、安堵《あんど》の笑みを浮かべた。

「来るのが遅《おせ》えよ」

待っていた応援が駆けつけてきた。

到着した忍は八人だったが、状況を覆すには十分な人員が揃っていた。その乱入に魔物たちの動きが乱れる。形勢は一気に逆転しそうだった。

「報告を受けてから全速で走ってきましたよ」

壮年の男の呟《つぶや》きに応えたのは、場違いな子供の声。

「それよりも、この程度の魔物相手に遅れをとっている青磁《せいじ》さんのほうに驚きを覚えますね。まさか応援を待たずに自分から手を出したわけではないと思いますが、情けないことに変わりはありません。長老に一切漏《も》らさず報告する必要性を感じますね」

「……お前のその生意気な言葉聞くと元気が出てくるぜ、洸《こう》」

「それはどうも」

洸と呼ばれた十一、二歳くらいの少年は淡白に返答しながら、視線を頭上へと移す。羽を広げて旋回しながら、紅鷲がこちらの隙《すき》を狙っていた。

洸は手に持っていた拳《こぶし》大の黒い玉を二つ、大きく振りかぶると紅鷲に向かって投げつけた。視覚で捉《とら》え難いほどの速球だったが、紅鷲は華麗に旋回して軌道上から身をかわした――が、中空で黒玉は急角度で曲がり、紅鷲の頭部を直撃。衝撃に耐えきれずに落下する紅鷲にもう一つの黒玉が猛然と迫り、紅鷲の身体を咽喉《のど》元から背中へと斜めに貫いた。

息絶えた紅鷲は地面に落ちる前に黒い煙となって消えた。

二つの黒玉は、洸の左右の中指に嵌《は》まっている黒い指輪と極細の糸で繋がっている。練気を通して放った黒玉を遠隔操作する忍具〝流燕《るえん》〟だ。扱いの難しい繊細な忍具を、年端のいかない洸はわけもなく操る。

「お見事」

壮年の男——青磁は太股の止血をしながらにやっと笑った。

「これくらいできて当然です。青磁さんはヒドイ有様ですね。身嗜《みだしな》みは整えておいたほうがいいですよ。忍が脂汗《あぶらあせ》を流してはあはあ言ってたんじゃ格好がつきません」

「容赦ないな、お前……」

苦笑を漏らした青磁だったが、すぐさま表情を真剣なものに改めた。

「魔物たちの中に煙狐がいる。五夜条の誰か、来ていないのか?」

見渡す限りの周囲には煙狐の姿も五夜条の姿もない。

「五夜条はいません。けど——」

洸の瞳に、子供らしい憧れを抱いた光が灯った。

「僕らの指揮を執っているのは、月夜様《つきよ》ですから」

「──そうか、月夜が……」

青磁がその姿を思い浮かべるように見上げた空には、燐光《りんこう》を放つ白い月が浮かんでいた。


──〝月夜〟。


その忍名は五夜条に匹敵する、もしくは凌駕《りょうが》する、たった一人の選ばれた忍に与えられる称号だ。忍の中の精鋭中の精鋭である五夜条の五人の忍名には、必ず〝夜〟の文字がついている。そして五夜条以外で〝夜〟の文字を持つ忍名は〝月夜〟だけだ。

若くして〝月夜〟の忍名を授かった忍は、黒尽くめの忍装束に身を包んでいた。

精悍《せいかん》な顔には精気が漲《みなぎ》り、立ち姿は凛《りん》として美しく、堂々たる貫禄《かんろく》があった。右手には閉じられた鉄扇が握られている。〝震鳴扇《しんめいせん》〟という、月夜の愛用する忍具だ。

年齢は十八、九──もしかしたらもう少し若いかもしれない。

「月夜だと？　お前が？　笑わせる」

青磁たちとは若干離れた山中で、月夜は煙狐と向かい合っていた。

月夜が律儀にも自らを名乗った直後、煙狐は哄笑《こうしょう》した。

「月夜ってのは伝説の忍の名前だと聞いている。同じ名前をもらって喜んでる餓鬼《がき》が俺を一人で相手するというのか。まあいい。俺はグルメなんでな。喰うのは女って決めてるんだが、殺すなら男のほうが好きなんだ」

「……くだらん」

冷めた視線で煙狐を見据えた月夜は、同じく冷めた口調で言い捨てた。

「なまじ知識と知能があるばかりに月夜の名に過剰に反応し、戦わずして怯《おび》えるものもいるが、結局はお前も同じ。月夜の名が持つ言霊《ことだま》の強さに呑み込まれているに過ぎない」

「なにが言いたい？」

犬歯を剥き出し威嚇する煙狐だったが、月夜は軽く鼻を鳴らして受け流す。

「外見で判断するのは大きな間違いだと言っている。対峙《たいじ》しただけで実力を見抜けないとは、お前こそ本当にあの煙狐か？」

皮肉を返された煙狐は屈辱に表情を歪《ゆが》めた。

「餓鬼がっ……」

しゅうぅ、と青白い炎のような吐息が煙狐の口から漏れ出た次の瞬間、煙狐の姿が、ふっ、と灰色の煙となって消えた。

「口だけは達者だな」

直後、その声は月夜の真後ろから発せられた。煙狐の鉤爪《かぎづめ》のついた拳が、月夜の頭蓋骨《ずがいこつ》を粉砕する勢いで振り下ろされる。スピードに乗った拳は過《あやま》たず月夜の頭部を貫いたが、煙狐が手応えを感じることはなかった。目を丸くする煙狐の目前で、拳を頭部に突き入れられた月夜の姿がゆらりと揺れて掻き消える。

「勝ったと思ったか？」

笑みを含んだ揶揄《やゆ》するような声音《こわね》。煙狐の視線の斜め先。杉の木に背をもたせかけ、腕を組んで冷笑を浮かべているのは月夜だった。

「不意をつく戦法を取ったのにどうしてわざわざ話しかけるのか、理解に苦しむな。敵に逃げる隙を与えることに繋がるとどうしてわからないのか。……ああ、そういう俺も今その隙を逃しているな。だが、それをしてしまうとフェアではないからな」

月夜の嘲笑を受け、煙狐は怒りを露《あら》わにした。

「……お前の殺し方が決まった。歯を砕き鼻を削《そ》ぎ目を潰《つぶ》し耳を落とし皮を剥ぐ。生きたまま足の先から喰っていき、死の瞬間まで気絶させずに地獄の恐怖を味わわせてやるっ！」

煙狐の口から青白い炎のような吐息が漏れ出た。先ほどより遥かに絶対量が多い。

対し、月夜は挑発するように笑む。

「捕まえられなければ話にならない」

「図に乗るな！」

煙狐から放たれたのは先端が尖った巨大な螺子《ねじ》のような青白い矢。青い吐息が二桁の数の矢となって空気を切り裂き、月夜を襲う。

月夜は一足飛びに横に跳ね、そのまま矢をかわしながら移動する。幼い頃から野山で過酷な修練を繰り返してきた月夜には、荒れた山中で素早く動くことなど造作もない。だが攻撃をかわしながら煙狐の動きを計っていた月夜も、煙狐が間近に接近してきていたことに気付くのがわずかに遅れた。

両者が肉薄する。煙狐の鉤爪によって月夜の装束が切り裂かれ、宙に舞う。忍装束には防刃《ぼうじん》処理が施してあるが、煙狐相手ではまるで役に立たなかった。煙狐の猛攻を月夜は紙一重でかわす。次々に千切れ飛ぶ布地が、両者が通り過ぎたあとにまるで足跡のように残る。だが、その下の肌には掠《かす》り傷一つ負ってはいない。

鉤爪の一撃を鉄扇で受け流した月夜は、攻撃をかわす間に鉄扇を広げる。一回転して再度、煙狐と向き合う瞬間に、月夜は練気を注いだ震鳴扇を振るう。

無数の風の刃が煙狐を襲ったが、至近距離からの攻撃だったにもかかわらず、煙狐は瞬時に腕を交差させ顔と胸部を守った。

煙狐は苛立《いらだ》つような低い唸《うな》り声を上げ、月夜を睨《にら》みつける。傷口から流れ出る煙狐の血は青く、身につけていた黒い服は細切れとなって地面に落ちた。

月夜は胸中で舌を巻いた。身体中に無数の裂傷を負わせたが、致命傷には程遠い。今の攻撃は震鳴扇で最弱の技だが、それでも並の魔物なら五体満足ではいられない。煙狐と戦うのは初めてだが、噂に違わぬ能力を備えていることは確かのようだ。体力勝負ではいくら忍といえど魔物には及ばず、月夜は自身の体力にそれほど自信を持っていない。長引かせるのは不利と判断した。

だが、先に動いたのは煙狐のほうだった。

ぽん、ぽぽん、ぽん、ぽん。煙狐を中心にして放たれた、無数の青白い煙玉が次々と山中で破裂した。広がった濃い煙の中から、青白い矢が飛び出してくる。四方八方から、タイミングも狙いもばらばら。そのうえ、煙と矢は同色で見分けが付き難い。月夜も若干焦った。震鳴扇を振るい風の障壁で半面をカバーしながら、逆面の攻撃を腰から抜いた忍刀を用いて弾く。嵐《あらし》のように降り注ぐ連撃をかわし続ける月夜は、煙の中から矢に紛《まぎ》れて煙狐が飛び出してくることを読んでいた。しかし、三方同時に現れるとは予想外だった。瞬時の判断で本物だと思われる煙狐に攻撃を仕掛けるが、

「外れだ」

声と攻撃が同時だった。腹部を狙った鉤爪の一撃を、月夜は身体を無理矢理に捻《ひね》ってかわそうとしたが、かわしきれずに脇腹を少し削がれた。微《かす》かに表情を歪めた月夜の視界を、魔物の翼が横切った。煙狐ではない。思考は一瞬。月夜は煙狐から距離を取ると共に、煙狐が作り出した煙幕が晴れる前に術を展開した。

多重残像。煙狐を取り囲むように数十に及ぶ月夜の姿が煙の合い間に現れ出る。瞬時にこれだけの残像を作り出せる忍はそういないが、中でも月夜の技は残像の鮮明さが違う。

「餓鬼がさっきから猿真似ばかりっ……」

憤った煙狐は近くにいた月夜に殴りかかるが、その拳は月夜の身体を素通り空を切る。

煙狐の頭上に回った月夜は震鳴扇で杉の木を切り落とし、動きを止めることなく地上に降り立つと、煙狐の下半身を狙って十字手裏剣《しゅりけん》を投げつつ、背後へと回り込む。杉の木も手裏剣も煙狐には通用しなかったが、予測通りだ。

煙狐の背後に回った月夜は最後の罠《わな》を仕掛け、再び煙狐の頭上へと移動する。

煙幕の向こう、煙狐の表情に獲物を捉えたという会心の笑みが浮かんだのが見えた。煙狐の三股にわかれた尻尾が模様に従って鋭く尖り、背後から迫る獲物にそれぞれ意思持つ蛇《へび》のように喰らいつく。尻尾に貫かれ地面に縫い付けられたのは――有翼猿。青磁を襲っていた魔物だ。月夜は至近にやってきた有翼猿の動きを多重残像を用いて巧みに操り、煙幕を逆手に煙狐共々罠に嵌めたのだ。

「――っ……！」

驚きに眼を剥いた煙狐は、直後、大口を開けて絶叫した。

頭上からの月夜の攻撃が、煙狐の左腕と左足を切断したのだ。震鳴扇から繰り出された風刃だ。傷口から溢れ出た青い血が地面を汚し、バランスを失い顔面から倒れ伏した煙狐は憎悪の籠《こも》った視線を地面に降り立った月夜へと向けた。

「餓鬼、めっ……」

煙狐は怨嗟《えんさ》の声を上げると、意識を失った。


煙狐を倒した月夜は、晴れようとしている煙幕の向こうから走り寄ってくる仲間の姿に視線を移した。月夜が問い質《ただ》すより先に、その忍が口を開く。

「月夜様、何匹か逃げられました。動ける者にあとを追わせましたが」

「呼び戻せ」月夜は即断した。「まだここに向かっている途中の魔物がいないとも限らない。深追いは危険だ」

魔物がどれだけの規模の徒党を組もうとしていたのか、まだ全容は判明していない。結果的に勇み足になったのでは目も当てられない。

月夜は「煙狐はこのまま連れ帰る」と言い渡し、木々の上へと一息に飛び跳ねた。足裏と木の接地面に練気を注ぎ安定を保つことで、月夜は杉の大木の真上に立つ。ぐるりと周囲に視線を巡らし、勘を頼りに木々の上を跳ねるように移動する。闘気の有無から、魔物との戦闘に一先《ひとま》ず決着がついたことがわかった。新たに闘気が膨《ふく》らめば、そこが追っ手の居場所ということだ。

だが、月夜の第六感が捉えたのは、まったく予想外の状況だった。

山を撫でる斜面の遥か下方。常人であればとても見えない距離の先に、月夜は自分と同い年くらいの一組の少年少女がいるのを見て取った。二人の前には、逃げられたと思しき一匹の魔物の姿がある。反射的に震鳴扇を構えたものの、月夜はそれ以上動かなかった。助けに行く必要がなかったからだ。

月夜の視線の先。少女を守るように立ち塞がった少年を黒い炎が包み込んだ。襲いかかった魔物と背後の少女とを遮《さえぎ》る壁にも見えたが、少年から放出された黒い炎は攻撃だった。襲いくる魔物に向かって少年が黒い炎に包まれた右腕を一閃《いっせん》させると、それだけで魔物の身体が断たれた。

服装から少年は忍ではなく、またなにかしらの武器を使ったようにも見えなかった。

(何者だ?)

思わず正体を確かめたい衝動に駆られたが、追うことはしなかった。任務中に勝手な行動は許されない。ましてや自分はこの場の指揮官だ。何事もなかったかのように歩み去る少年少女から視線を逸らし、月夜は責任を果たすべく任へと戻る。

朝方の涼しい風が、月夜の頬を撫で、火照った身体の熱を奪っていった。

二

早百合《さゆり》の視線の先には、ベッドで眠る少年の安らかな寝顔があった。

天城葵遠《あまぎきおん》。前橋央城《おうじょう》高校二年という肩書きは、早百合の同級生を意味する。上背《うわぜい》があり肩幅のある均整のとれた身体は早百合から見ても理想的だ。起きていれば、涼しげな目元にどこかとぼけたような口元がデフォルトの少年は、クセの強い性格を差し引いても及第点をあげていい。

夏休みも残すところ今日を入れてあと二日。

早百合は、自分ともっとも近い場所にいる少年の肩を揺すりながら声をかける。

「葵遠、起きて」

「……ん」

目を覚ました葵遠は、少女の顔を見るなり寝惚け眼《ねぼまなこ》をぱちくりさせた。

「さ、早百合……？」

自分の部屋に早百合がいることを理解できていない様子だ。

早百合は彼女ではないし、昨夜泊まった事実もない。親切に寝坊助《ねぼすけ》を起こしに来た、ということでもなく、朝早く訪ねてきた理由は他にあった。

早百合。苗字を河野白鳥春名《こうのしらとりはるな》というが、それは禁句だ。早百合をフルネームで呼べる勇者は央城に存在しない。

早百合は掛け値なしの美少女だ。背中に流れる手入れの行き届いている長髪は日本人的な黒。目元はぱっちりしていて頬から顎《あご》のラインはシャープで繊細。胸がナイのが欠点だが、線の細い身体つきは守ってあげたい気持ちにさせられる。笑顔を安売りしないため〝氷姫〟とか、幸運にも目にした笑顔をして〝春の微笑〟とか囁《ささや》かれている。

目覚めた時に早百合の顔が隣にあったら——そんなことを想い抱く男子は少なくないだろうが、葵遠は例外だ。今も上半身を起こしたまま、胡乱《うろん》げな表情で早百合の顔を見つめて、口の中でぶつぶつと呟いている。

「……なんでこいつが……またなにか厄介なこと持ち込んできたんじゃねえだろうな。夏休みだってのにいちいち付き合わされるこっちの身にもなれって――」

「なにか言いたいことがあるみたいね？」

早百合がわざとらしく唇を吊り上げると、

「エッ、ソンナコトナイヨ。ゼンゼン。キノセイキノセイ」

葵遠は機械仕掛けの人形みたいに首を横に振った。

「だったらなんで片言なのよ……」

早百合は溜め息を一つ。

「まあいいわ。それよりさっさと着替えて。歯を磨いて顔くらい洗ってよね。出掛けるから」

「……誰が？」

「葵遠が」

「誰と？」

「私と」

「いつ？」

「今から」

「なんで？」

「……葵遠、喧嘩《けんか》売ってる？」

「エッ、ソンナコトナイヨ。ゼンゼン。キノセイキノセイ」

早百合は容赦なく葵遠の腹に右足を蹴り入れた。


三十分後、早百合と葵遠は二人並んで電車に揺られていた。

「神隠しの真相を探りに行こう」というのが、早百合が葵遠を連れ出した理由だ。

ネット上に「迷宮の語り部たち」というサイトがある。不思議体験や心霊スポット、時事ネタからアニメや映画の批評なんでもありのサイトで、掲示板は不特定多数の訪問者の日記として活用され、その日記をネタにチャットで意見交換するというのがメインシステムだ。

早百合が興味を惹かれたのは、「姿が消えてしまった行方不明者は自然災害や人為的な事件に巻き込まれたわけではなく天狗《てんぐ》に連れ去られた」という書き込みだった。立て続けに二件の行方不明事件が起きたのは、神奈川県南足柄《みなみあしがら》市にある大雄山最乗寺《だいゆうざんさいじょうじ》の近辺であり、この事件は地方紙でも取り上げられていた。

神隠し。不可解な謎に強い興味を示す早百合に、この話を素通りできるわけがなかった。

早百合は白いパンツにブルー系のキャミソールと楊柳《ようりゅう》チュニックを重ね着している。夏らしい涼しげな格好で、剥き出しの細い肩は健康的な魅力に溢れている。胸元にちらりと見え隠れしているのは、日頃から肌身離さずつけている白い珠《たま》のついたネックレスだ。外を歩く時に被《かぶ》っていた白いチューリップハットは今は膝の上にある。

葵遠は茶系のチノパンに英字がプリントされたボタンシャツとTシャツを重ね着しており、足元には黒いリュック。登山リュックほどの大きさで、中身はぎっしりと詰まっている。

電車を乗り継ぎ、最後はバスで大雄山駅まで行き、朱色《しゅいろ》の仁王門《におう》に到着した時には正午をだいぶ回っていた。昼食は電車内で済ませたので空腹感はない。

「ここから杉並木の遊歩道を歩いていくんだけど、この道の名前が天狗の小径《こみち》っていうの」

「はあん、なるほど。天狗に攫《さら》われたって話の出処《でどころ》はそれか。安直じゃね？」

「それは私も思ったけどね。調べてみたら目撃者がいたのよ」

チューリップハットを被った早百合は歩きながら話し始めた。

二人の足取りは軽快で、ただ並んで歩いているだけで楽しそうな雰囲気があった。

「サングラスかけたおっさんが真夏にコート着て立ってたって？　露出狂だろそれは」

「バカ」

葵遠との会話は脇道に逸れることが多いが、早百合はあしらい方を心得ている。

「小学生の男の子の証言だけどね、烏の顔したゴリラに見えたって。当たり前だけど、親も警察も誰も信用してない。ネタとして掲示板に書き込んだのはその子の姉で、〝烏の顔したゴリラ〟より〝天狗〟のほうがウケがいいだろうってことで、『天狗に連れ去られた』って書いたみたい」

早百合の情報収集能力は並大抵ではない。どこからどうやって探り出したのかと犯罪臭すら漂わせることもザラで、どんな秘密だろうと早百合の前ではたやすく明かされてしまう。

「……へえ」

葵遠の相づちに神妙さが宿る。二年以上に渡る、わりと親密な付き合いの中で、早百合の情報が精確《せいかく》であることを葵遠は経験で知り得ているからだ。

「鳥の顔したゴリラ……魔物か？」

呟いた葵遠は、そこで気付いた。

「だから俺を連れてきたわけか」

「正解」

葵遠の視線を横顔に受けた早百合は、にんまりと微笑んだ。

葵遠は高校生でありながら、魔物の関与が認められた事件を解決する組織に属している。それは国に認められた組織であり、職種を問わずに選ばれた異能者には〝祆獅《ようし》〟と呼ばれる称号が与えられる。全国で九人しかいない祆獅の一人が、隣を歩く天城葵遠だ。

魔物退治のスペシャリスト。早百合の相棒にこれほど適した人物はいない。

「身体がゴリラじゃなければ、烏天狗ってそのままの運びになったんだけど。最乗寺には烏天狗の像もあるのよ。それはそれでできすぎだから、まあいいんだけど」

「俺も天狗に会ったことはねえな」

葵遠が袄獅として相手にした魔物は両手の指の数より多いと聞いている。だが、葵遠が想像している天狗とは、鼻が高くて顔が赤い、山伏《やまぶし》の格好をして高下駄《たかげた》を履いて葉団扇《はうちわ》を持っている姿に違いなく、それは大きな誤りだ。

早百合はわざとらしく人差し指を立てて説明する。

「天狗っていうのは元は中国の物の怪《もののけ》で、流星とか彗星《すいせい》のことを指したって話よ。日本書紀にある日本で最初の天狗の記載にも流星って言葉が記されてるしね。世間で認知されている天狗とぴったり一致する魔物なんていないわよ」

「よく知ってんな、ホントに」

感心するやら呆《あき》れるやらの葵遠の言葉を受けて、早百合は誇らしげにナイ胸を張った。

「常識よ」

仁王門から始まる天狗の小径は三キロほど続いており、小径を囲む杉は樹齢数百年という立派なものばかりだ。この杉並木は神奈川県の天然記念物にも指定されている。

普段どれほどの来訪者がいるのかはわからないが、最乗寺に向かって小径を歩いているのは早百合と葵遠しかいなかった。少なくともすれ違う人は一人もいない。車道を走る車もあまりなく、行方不明者が出ていることと無関係ではないだろう。

「人、いないわね。行方不明事件が起きてから、まだ日数が経ってないから当然か。一人はこの天狗の小径の途中でいなくなったわけだし」

「――は？」

さりげなく伝えられた事実に目を丸くする葵遠に、早百合は軽く頷いてみせた。

「うん。ここが現場」

「そういうことは先に言えよ！」

立ち止まった葵遠は声を張り上げた。

「いきなり襲われたりしたらどうすんだよ。心の準備ってものが必要だろうが」

「袄獅でしょ？」

「関係ないですって早百合ちゃん。目隠しして鍋を囲んで、具を皿に取ったあとで実は闇鍋ですって言われて、それを食う勇気あるか？」

「微妙に間違ってる気がするけど、どこが間違ってるかって聞かれても困る例えね」

「だから、気にするところが違うんだよ……まあいいけどさ」

「二人目の行方不明者が出たのが二十六日。書き込みがあったほうだけど、男の子が烏の顔したゴリラを目撃したのが、今いるこの付近。どう？　葵遠」

早百合が促すと、葵遠はしばし沈黙したのち、首を横に振った。

「ダーメ。魔力は感じられない。魔物が人を攫うのにわざわざ魔力を放出する必要なんてないから、その場に居合わせたんでなければ気配なんて追えねえよ」

「やっぱりそうか……しかたないわね。先行きましょ」

早百合たちは再び小径を歩き出す。葵遠が少しだけ周囲に気を配り始めたことが雰囲気で伝わってきた。相手が魔物なら早百合は守ってもらう必要がないのだが、自称紳士の葵遠には男の面子《めんつ》があるのだろう。

守ってもらう必要がない――というのは、相手が魔物である限り例外なく、早百合に危害を加えることはできないからだ。葵遠が狛獅であるように、早百合も好奇心旺盛なだけの普通の女子高生ではない。裏の顔は魔物を封じる力を宿した〝白珠《はくじゅ》継承者〟。首にかかっているネックレスの先にある白い珠がその〝白珠〟だ。

やがて天狗の小径も終わりに近付き、土産《みやげ》物屋が数軒並んでいる場所に出た。最乗寺の玄関口とも呼べる場所だ。土産物屋では、天狗が持つとされる葉団扇の形をした「天狗せんべい」が目玉商品らしい。二人は店先にあった天狗せんべいを試食しながら、境内《けいだい》へと歩を進めた。

瑠璃《るり》門の前の石段を上りきった途端、寺社特有のお香の匂いが鼻腔《びこう》をくすぐった。

「この匂い嗅《か》ぐと落ち着かない？」

「お寺に来たな、っていう気持ちにはなる」

瑠璃門をくぐって境内に入り辺りを見回すと、まず目に付いたのは時計だった。学校や公園にあるような時計がどんと置かれているのは、不自然でもあり、またどこかしっくりもきている不思議な感じを受けた。小さな池の中には亀を模《も》した小さな噴水があり、赤い金魚が泳いでいた。境内は閑散としており、やはりいつもより人が少ないように感じられる。

ベンチに座って自販機で買ったジュースを飲みながら休憩した二人は、本堂でお賽銭《さいせん》を投げて格好だけはお参りを済ませ、名称が示すとおり境内の端にある奥の院まで行くことにした。

楓《かえで》の木が頭上に広がる参道を通る。楓は青々と茂っていた。秋になれば紅葉が綺麗だろう。圓通橋《えんづう》を渡って天狗と烏天狗に守られた結界門をくぐる。右手にある七十七段の石段を上ると御真殿に着き、御真殿の脇には大小様々な高下駄が奉納されていた。

「すげえな」

葵遠が思わず笑みを浮かべたが、早百合も同意見だった。

きちんと二つで一組になった高下駄がいくつも風雨にさらされており、みんな色褪《あ》せている。赤色や銀色のものが目立つが、鼻緒の形などそれぞれ少しずつ違いがあるのに気付く。台座の上にある一番大きな高下駄の隣には古びた立て札があり、早百合はそこに書かれている文を声に出して読み上げた。

「そもそも神通力を持つ天狗の履物これ高下駄である。下駄こそは左右揃って一足。即《すなわ》ち二つが相伴ってこそ有能を成す。男女の一体をみて夫婦の如《ごと》くある。よって夫婦の和合を意味し、ここに和合の大下駄と呼ぶ。故に縁結びの象徴なり。また、この下駄をくぐり通ると、安産の願い叶うとも人の言う。健脚の願い、これも鉄下駄に望むなり。移動の基盤、すべて下駄より発する。したがって交通安全を祈願するもよし。古来より我が国に『下駄を預ける』との言葉在り。ゆえに受験ごと、家内安全総じて叶うと思うべし。合掌」

ふーん、と頷きながら早百合は思案するように立て札を眺めたあと、

「くぐってみよっか？」

「どうぞご自由に」

肩を竦《すく》めた葵遠だったが、そこではっとしたように早百合を振り返った。

「って、まさかお前、すでに誰かの子供を身籠ってるとか。ダメよ。そんな若い身空で。お母さんは許しませんよ。ほらお父さんものんびりお茶飲んでないでなにか言ってやって」

「小ネタはいいから」

口元に手を当てて小芝居《しばい》している葵遠の手を取り、早百合は台座に上った。

「恥ずかしいだろこういうの」

「それが本音？　大丈夫。誰もいないから」

二人は手を繋いだまま高下駄の下をくぐる。人がくぐれるくらい大きいとはいえ、くぐ

る時には背中を丸めなければならなかった。

「こんなのなにが変わるわけでもないぜ。なんだって気の持ちようだし」

「だったら変わると信じたっていいわけでしょ?」

「……そうかも」

「さ、行こうか」

葵遠を簡単に言い負かし、早百合は足取り軽く先へと進んだ。

奥の院は長い石段を上った上にあった。下から眺めるとまっすぐに傾斜のある石段が積み上げられている。真ん中に赤い手摺《てす》り。御真殿から進んで行くと、石段を見上げてすぐの両脇に立つ天狗の像が出迎えてくれた。天狗の小径の始まりから数えたら、いったい最乗寺の境内をすべて回るのに何百段の階段を上ることになるのだろう。

「何段あるんだろうな?」

「数えてみよっか」

長く続く階段を見ればたいていの人が思いつく案であり、数え始めるとこれまた邪魔する者が出てくるのも人の常で、

「五十七、五十八、五十九……」

「五十九、五十三、六十二……」

「……六十四、六十五、六十六……」

「十段十段九段六段八段七段十段、合計は？　さあ早百合ちゃんはりきって答えをどうぞ！」

「……七十九……八十ぅ……」

「ねえねえさゆりんさゆりん、ファーストキスは血の味がするってホント？　サディスティックバイオレンス！」

「……はちじゅうぅ……」

「山賊《さんぞく》王に俺はなる！」

「――うるさいっ！　ああもうっ。わかんなくなっちゃったじゃない」

どちらかというと早百合は好戦的なため、葵遠の挑発を黙って受け流すことができない。

「大丈夫だよ」

「なにが？」

「数えたってなんの得にもならないから」

「…………」

「い、いや、そんなことはないな、うん……」

冷気を纏った早百合が両目を光らせて睨むと、葵遠は視線を泳がせた。

奥の院はとてもこぢんまりとしていた。自由に靴を脱いで中に入ってお参りできるようになっており、隣にある小さな店ではお守りなどが売られていた。

早百合と葵遠はそこで百円のおみくじを引いた。売店のガラスに、奥の院へと至る石段の段数が記されている図が張られており、数え始めた場所からだと二百十六段あったらしい。

「二百十六段か……」

早百合は閃《ひらめ》いたというふうに胸の前で両手を打ち鳴らす。

「ちょうど百八つの煩悩《ぼんのう》の倍ね。これでもまだ足りないか……」

ちらりと横目で葵遠を見て、おもむろに溜め息。

「どういう意味だ?」

「胸に手を当てて考えたら?」

早百合は楽しそうに口元を綻《ほころ》ばせながらおみくじを開く。

「中吉か。まあまあね。葵遠は？」

「ふ、日頃の行いの違いだな。見たまえ、早百合君」

葵遠は前髪をかきあげポーズを決め、開いたおみくじを早百合の眼前に掲げた。

「……凶」

「泣いていい？」

「日頃の行いの違いよ」

おみくじを枝に結んだ二人は奥の院から続いている登山道を少し入り、検証へと移る。

早百合に限って当初の目的を忘れていたなんてことはない。

「それで、どんな感じ？」

早百合の声に真剣味が加わると、葵遠の雰囲気も少し引き締まったものになる。

「行方不明者がいて、目撃者がいて、警察がまったく手掛かりを掴《つか》めていないとしたら、魔物の仕業《しわざ》と見ていいと思う。それに、お前が見つけてきた事件だし」

早百合は魔物との遭遇率が異常に高い。もしかすると魔物退治をしている葵遠以上かもしれない。魔物が関与していそうな事件に鼻が利《き》くというより、早百合が魔物を呼んでいると考えるほうが納得できるほどだ。

「肝心の証拠はなにもないのよ？　目撃証言はあくまで参考程度だし」

「そこなんだよな。お寺の中で感じられないのは当然として、今のところ魔力は微塵も感じられない」

たとえば「狙いが神社に住む巫女《みこ》」というような、強い目的意識がなければ魔物は寺社仏閣には近寄らない。葵遠の言葉の裏にはそういう意味合いがあった。

早百合にも魔力を感知する能力は備わっているが、葵遠には遠く及ばないため、この場ではまるで役に立たない。

「行方不明者のもう一人は、十九日に明神ヶ岳と明星《みょうじょう》ヶ岳を通る登山道の途中でいなくなったとされてるんだけど……当てもなく探すのは骨が折れるわね」

上位の魔物は別として、魔物は基本的に根城《ねじろ》を定めずに行動する習性を持つ。烏の顔をしたゴリラが強い魔物ならこの付近の山に居座っている可能性が高いが、そうでなければすでに立ち去ったあとという可能性も決して低くない。

「でも、二件の行方不明事件が同一犯によるものだとしたら、まだ居座ってる可能性のほうが断然高い、か……」

白魚《しらうお》のような細い指先を形のいい顎に当てて思案していた早百合は、ちらりと葵遠の顔を見上げた。

「……どうしたの？」

登山道の先を見つめている葵遠は、なにか腑《ふ》に落ちないといった表情をしていた。

「……魔力は感じないんだ」

「うん」

「でも、この山、なんか変な感じがする」

「魔物がいそうってこと？」

「勘だけどな」

脱力したように笑う葵遠の勘は、魔物退治の経験によって培われたものだ。早百合にとっては十分信頼するに足る。

「行ってみるしかないわね」

「最初からそのつもりだったくせに」

活き活きとした表情の早百合のあとに、リュックを背負い直した葵遠が続く。

二人は登山道へと足を踏み入れた。


明神ヶ岳は箱根の外輪山の東部にある穏やかな山容の山で、ほぼ全山がススキに覆われている。箱根越えの最古の道、碓氷《うすい》道の東側の最初の山に旅人の安全を願って明神が祠《まつ》られたことが名の由来だという。

眼下に小田原市の街並みが広がる明神ヶ岳見晴小屋を過ぎて、標高一一六九メートルの明神ヶ岳の頂上に辿り着いた時はまだ周りは十分明るかった。二人は休憩を挟むと明星ヶ岳方面に向かい、途中で登山道から外れて道無き道を進んだ。

手探りで魔物がいそうな場所に向かうことにしたのだが、頼りにしているのは葵遠の勘だけだ。

「鬼が出るか蛇《じゃ》が出るか」

葵遠が草木を掻き分けて道を作りながら先を歩き、早百合は慣れた足取りでその背中に続いていく。

「蛇が出たらちゃんと追い払ってよね？」

「はいはい。ちゃんと頭持って手渡しますよ」

「そんな素振り見せたら瞬殺する」

「……俺にはお前のほうが怖ぇ」

二人は軽口を交わしながら魔物の気配を探し回ったが、一向に確かな魔力を感知できずにいた。そのうち、辺りが急に薄暗くなり始めた。頬を撫でる風が湿っている。

「もしかして雨降りそう？」

早百合が頭上を見上げると、木々の隙間から濃灰色に濁った空が見えた。直後、一粒の雨粒が早百合の頬を叩いた。

「うそ。あんなに晴れてたのに。ねえ、葵遠――」

早百合が視線を向けると、半身を振り返らせた葵遠が口元で人差し指を立てていた。静かにしろという合図だ。早百合は口を噤《つぐ》むと、周囲の様子に注意を払う。湿り気を帯びた薄暗い山中は、どこになにが潜んでいてもおかしくない雰囲気に包まれていた。

「捉えた！」

葵遠の行動は迅速だった。早百合が問い返す間もなく、「ここにいろ」と言い残して山中を駆け出していった。

「——え」

唖然と見送ることになった早百合の視界を、上から下へと雨粒がよぎる。数秒経過してから、早百合は我に返った。

「信じられない……こんなところに置いてくなんて……」

だいたい葵遠はなにを目印に戻ってくるつもりだろう。早百合の能力は極めて特殊なため、この場で発動させることはできない。つまり、気配を頼りにはできないのだ。いきなり飛び出していった葵遠が目印を残していった様子もなく、早百合のバッグも含めて、荷物は全部葵遠が持っている。雨足は強まる一方で、薄闇に侵された山中では来た道を戻るのも難しい。一人取り残されたと意識したら、だんだんと心細くなってきた。

「ふ、ふざけないでよっ」

自らを鼓舞《こぶ》するように言い捨てた早百合は、完全なる勘を頼りに葵遠のあとを追った。

「早百合ーっ！」

雨音に混じって、葵遠の声が聞こえた。

こちらも大声を張り上げれば届くだろうが、そんな気分ではなかった。ずぶ濡れで立ち尽くしている早百合の後ろには、ぽっかりと口を開けた小さな洞穴があった。葵遠を探している時に偶然見つけ、一先ずこの場で待つことにしたのだ。すでに小一時間ほど経過していたが、意地で立ち続けていた。

「早百合ーっ！」

今度はより近くから声が聞こえた。葵遠は懐中電灯を持っているらしく、木々の合い間に灯《あか》りがちらちらと見え隠れしていた。

「ここっ！」

早百合は怒鳴った。

その声が聞こえたようで、すぐに葵遠が木々の向こうから飛び出してきた。

「早百合！　お前、勝手にどこ行ってんだよ。ここにいろって言った――」

「勝手にどっか行ったのは葵遠でしょ！」

動くなと言われて動いたのは早百合だが、十分な説明もなしにか弱い乙女を山の中に置き去りにした葵遠のほうが悪いに決まっている。

「う……いや、それは俺も悪かったけど……」

早百合の剣幕に押され、たじろぐ葵遠だったが、不意に早百合の背後に視線を走らせた。

懐中電灯で照らし、洞穴があることを確認する。

「あれ、洞穴がある」

「洞穴があったからここにいたのよ。雨宿りになると思って」

「じゃあなんで洞穴の中で待ってなかったんだよ？」

早百合はキッとまなじりを吊り上げた。

「これで風邪引いたら葵遠のせいだから！」

言い捨てた早百合は、足早に洞穴に向かった。身体中から不機嫌オーラが発散され、どすどすと足音が聞こえてきそうだった。

「……なぜ？」

呆然と呟く葵遠もまた、びしょ濡れだった。

早百合が見つけた洞穴の中は狭かった。高さは葵遠が立つと頭がぶつかり、横幅は二メートル弱、奥行きは三メートルもない。それでも雨を凌ぐには十分だった。

葵遠のリュックに入っていたバスタオルで早百合が髪を拭いていると、雨に濡れていない枯木を集めてきた葵遠が火を点けて暖《だん》を確保した。

葵遠のリュックは祇獅特製のサバイバル仕様だ。耐水性にも優れている。祇獅は緊急な仕事が多いため、連絡があったらすぐに現場に赴くことができるように、普段から最低限の準備を整えておく必要がある。防災バッグみたいなものだ。

「俺の着替えしかないけど」

「我慢してあげる」

早百合は葵遠から着替えを受け取ると背中を向けた。着替えは二日分あるので、葵遠の分もある。焚き火を挟んで、早百合と葵遠は背中合わせになった。

服を脱ぎかけた早百合がちらりと背後を振り返ると、同じように振り返った葵遠と視線が合った。

「な、なに見てるのよ！」

「み、見てねえよ！　そっちこそなに見てんだよ！」

「見てないわよ！」

沈黙。

「見たら目潰すわ」

「わかってるよ」

二人はようやく着替え始めたが、すぐに早百合が声をかけた。

「ねえ、黙ってないで、なにか話してよ」

「なにかって？」

「さっき追ってったの、魔物でしょ？　どうしたの？」

「逃げられた」

「役立たず」

「うるせえ。相手が素早かったんだよ」

祆獅といえど、戦う場所には向き不向きがある。山中で魔物に逃げに回られたら追いつくことは難しいと、以前、葵遠が口にしていたことを早百合は思い出した。

「鳥の顔したゴリラだった？」

「いや」

もっとも重要な点を葵遠は否定した。

「暗くてよくわからなかったけど、鳥でもゴリラでもなくて、小柄な日本猿みたいなやつだったよ。羽があったし。俺なら、鳥の羽が生えた猿って証言する」

「……いくら小学生の子供でも、そんな目に付く特徴を見間違えるはずないか」

「だと思う。それに、俺が見た猿は二匹でつるんでた。登山客襲ったやつかもだけど……天狗の小径にこの山、こんな近くに何匹も別種の魔物がいるとは思えねえ」

「まだ、なにか変だって感じてる？」

「それは、一応な。さっきの魔物の行動も少し変だったし」

「変？」

「魔物は向かってくるのが普通だろ。敵《かな》わないと思ったら逃げるだろうけど、さっきの魔物は向かってこようともしなかった。まるで最初から警戒してたみたいに」

「警戒してた？　どういうこと？　魔物がなにを警戒するっていうの？　というより、そんな組織立った行動する魔物なんて聞いたこともない」

「……わかんねえ。だから、変だとしか言いようがねえんだけど」

「そう……葵遠、着替え終わった？」

「ああ」

早百合が振り向くと、葵遠の服装は直前まで着ていた服と柄が違うだけだった。早百合が着たものもほとんど同じだ。

「やっぱり、葵遠の服だとちょっと大きいね」

早百合はシャツの袖を掴んでみる。なんとなく照れくさかった。

「似合ってるよ。男物でも、胸がナイから違和感がない」

早百合は手にしていたバスタオルをムチのように振るった。

「目が～っ！　目が～っ……！」

狭い洞穴内を転げ回る葵遠を横目に、早百合は地面に座ると髪を拭き直す。

「……デリカシーのないやつ」

リュックに入っていた携帯食料と、途中で買っておいたお菓子でお腹が満たされると、ようやく人心地着いた。


雨はまだ止む気配がなく、この洞穴で一晩明かすことに決めた。

「寝袋、私が使っていいの？」

早百合が訊く。すぐにも眠りたいほど疲れていたが、寝袋は一人用だ。女性が優先されるのは当然としても、早百合はさっき葵遠に八つ当たりしてしまったことを思い出して、少し気が引ける思いだった。

「見張り番してやるから、安心して寝ていいぜ」

「狼になる……」

「は？　いや、狼はいないだろ。魔物とか」

「いや葵遠が」

「ならねえよ！　元・紳士同盟代表取締役を舐めてんのか？」

「隣、くる？」

「――え」

洞穴内が静まり返る。ぱちぱちと、火花が散った。

「冗談だけど」

「た、タチの悪い冗談禁止！　ホント性格の悪い女。やっぱ胸――がぁっ」

早百合はみなまで言わせず、葵遠の顔面にゴミの詰まった袋を投げつけた。

「静かに見張ってて」

「はい……」

やがて、洞穴内に早百合の寝息が聞こえ始めた。


翌朝は晴天に恵まれた。雨は日付けが変わる前には上がっていたので、ぬかるんだ地面も歩くのにそれほど支障はなさそうだ。

昨夜は早くに眠ったせいか、日が昇るより先に目が覚めた。早百合は簡単に身支度を整えて洞穴を出ると、外で待っていた葵遠に声をかけた。

「お待たせ」

「今日はどうする？」

「帰ろう」

早百合が答えると、葵遠は目を丸くした。

「珍しい。熱でもあるのか？」

「ないわよ」

確かに、いつもならとことん原因を追究するのが早百合だ。基本的に葵遠の迷惑は考えない。しかし、昨日の葵遠の話を聞いた限りでは、今回の件は一筋縄ではいかないような気がした。一旦引いて、情報を集め、作戦を練る必要性を感じたのだ。

「今日は夏休み最後の日。他にやることがあるでしょ？」

「……宿題、か～」

肩を落とす葵遠に、早百合は笑顔を向けた。

「ちゃんと手伝ってあげるわよ」

二人は昨日と同様に、葵遠を先頭に山を下りた。葵遠が木の上に登って街の方角を確認しながらだったので、迷うこともなかった。

状況が急変したのは、明神ヶ岳の西側斜面をある程度下りきった頃だ。

会話の途中で、葵遠が足を止めて振り向いた。

「早百合、ビンゴ」

「――え？」

「魔物だ。こっちに向かってきてる」

「私たちを狙って？」

「いや、たぶん違う。でも気付かれるのも時間の問題だな」

早百合にはまだ感知できていないが、早百合と葵遠には二十倍ほども能力差があり、早百合が魔力を感知できた場合、すでに対象が目視できる位置にいることを意味する。

「走る？」

「そうすっか」

葵遠が示した方向に早百合が走り出し、葵遠が後ろに続く。斜面はなだらかだったが、草木が邪魔をして走るのに難儀した。

「かかった！」

背中越しに葵遠の声。早百合は振り向かずに走り続ける。

数秒後、早百合のセンサーにも魔物の気配が引っかかった。

——近い。

「葵遠！」

少しだけ開けた場所へと抜け出た早百合が足を止めて振り返ると、その時すでに、早百合の前にはリュックを下ろした葵遠の背中があり、その向こう側には葵遠と相対する魔物の姿があった。

「グッドタイミング。いい場所に出た」

上着を脱ぎTシャツの袖を捲《まく》り上げながら、葵遠が楽しそうに笑んだ。

魔物を前にしても平静でいられるのは、それだけの経験を積み、対処できるだけの力を備えているからだ。背中に庇《かば》われている早百合としても、いくら魔物の力が通じないとはいえ心強いことに変わりはない。

魔物は濃緑色の毛をした双頭の魔犬で、開いた強靭そうな顎の間に鋭く尖った歯と長い舌が見えた。地面にぼたぼたと涎《よだれ》が滴り落ちる。飢えているというよりも、まるでご馳走を前におあずけを喰らってきたみたいに憤っていた。

「やっぱり変だ、この山。魔物が居すぎる」

人を攫ったらしき烏の顔をしたゴリラ、葵遠が取り逃がした羽の生えた二匹の猿、そして目の前の魔犬――同一場所に複数の魔物が存在する状況は、明らかに尋常ではない。魔物にも縄張り意識というものがあり、自分より魔力量の多い相手には歯向かわずに去るのがルールだとされている。複数の魔物が行動を共にしているとも考えられるが、行方不明事件や目前の状況のように、それぞれが単独行動している節も見受けられる。

「……なにか目的があるのかしら?」

早百合が呟くも推測の域を出ず、葵遠が口早に判断を仰ぐ。

「考えるのは後回しだ。どうしましょう?　お嬢様」

「排除して」

早百合は思考を挟まずに言い放った。

「御意《ぎょい》」

葵遠が頷くより早く、先の葵遠の言葉に重なるように、大きく開いた口から涎を撒《ま》き散らしながら、双頭の魔犬は二人に襲いかかってきていた。

葵遠の右腕に、肩口から指先までを取り巻く炎を具象化したような、ささくれだった歪《いびつ》な黒い線が浮かび上がる。

早百合の視界を埋めたのは黒い炎だった。葵遠の右腕から放出された黒炎は葵遠の身体を包み込むほどに猛《たけ》り、早百合と魔犬とを遮る壁を成した。

万物を滅《めっ》する万能の腕——〝巫《かんなぎ》の秀腕《しゅうわん》〟。

それこそが、祆獅としての葵遠が持つ特殊能力だ。

葵遠が早百合に頷き返した直後には、身体を横に真っ二つに断たれた魔犬が地面に横たわっていた。まさに瞬殺。息絶えた魔犬はすぐさま消滅した。

「ったく。どうなってるんだ?」

葵遠はTシャツの袖を戻し、上着を羽織る。すでに黒炎は消え、右腕には染み一つ残っていない。

早百合は青空を背景とした明神ヶ岳を眺め見た。不穏な空気は感じないが、与《あず》り知らぬところでなにかが始まっている——そんな気がした。

「調べてみる」

「どうやって？」

「これから考えるわよ」

葵遠がリュックを背負い直すと、二人は再び山を下り始めた。

二章　前橋央城高校

一

九月一日が日曜日だったため、二学期の始業式は九月二日となっていた。

早百合は両親と三人暮らしで、特別な用事でもない限り三人揃って食事をするのが家の決まりだ。あまりオシャレというものに興味がない早百合は、夏休みでも時々制服を着ていたので、久し振りに袖《そで》を通すという感慨はなかった。

「行ってきます」

早百合は母親に声をかけてから玄関を出た。両親は共働きだが、家を出るのは早百合が二番目だ。

早百合の家は前橋市朝倉町にあり、高校まで自転車かバスをその日の気分で利用している。今日は天気がいいので自転車で行くことにした。

前橋央城高校は前橋駅南口を出て徒歩十五分、前橋市文京町、生涯学習センターの隣に位置する男女共学の普通校だ。運動部の大会実績があり力が入っていることと、女子の制服が可愛らしいことで県内ではわりと有名だ。

約一ヵ月半振りに会う友達との会話はどのクラスでも盛り上がりをみせており、早百合と葵遠のクラスである二Aも例外ではなかった。

早百合は教室に入ろうとドアに伸ばした手を止め、思わず聞き耳を立てた。教室の中から、聞き慣れた友達の話し声が聞こえたからだ。早百合と仲のいい五人組のうちの男子二人、天城葵遠と氷上哲平《ひかみてっぺい》だ。哲平はサッカー部のエースであり、調子のいい性格から葵遠と気が合うらしく、お互いを「強敵《とも》」と呼び合っている。

「そうなんだよ。あとから地元のおばちゃんに聞いたんだけどな、その洞穴の中は変なガスが充満しててさ、意識を強くもってないとそんなふうになっちまうみたいなんだ」

「おお、ちょっとヤバイ展開だな。それでどうなったんだ?」

「実はな、服を脱ぎ出したんだ」

「お前の裸なんか見たくねえよ」

「俺じゃねえよ！　あの早百合が服を脱ぎ出したんだ。しかも、シャツを半脱ぎの状態でうるうるしながら俺に迫ってきたんだ。お願い抱いて、って」

「ぅおおっ！　なんてこった。俺のサユリンが」

「まあまあ落ち着け、テツ。早百合がそんなになっちまったのもガスのせいだから。でも俺もそんな早百合に惹かれそうになった。やっぱガスのせいだな。だが、俺は負けなかった。着ていたシャツを脱いで、早百合の肩にかけてやったんだ。風邪引くぜ、ってな」

「なんてやつだ、葵遠。紳士だよ。さすがは元・紳士同盟代表取締役だよ」

「まあな。そんな俺の気持ちが通じたんだろうな、早百合もはっと我に返ってさ、恥ずかしそうに慌てて後ろを向いてさ、み、見ないでよ、なんて。滅多《めった》に見られない貴重な顔だった――じぇあっ！」

得意げに夏休みの思い出を語っていた葵遠は最後まで口にすることも叶わず、顔面を机に強打した。後頭部にはバッグがめり込んでいる。

「おはよう」

「お、おう……」

早百合の挨拶に、目前で繰り出された容赦ない一撃にたじろいだ哲平がぎこちなく返す。

「おはよう、早百合」

「おはよ～。早百合ちゃんも、久し振りね～」

哲平たちに混じって早百合に挨拶を返したのは、仲良しグループの女子二人、草野英理《えり》子と木島沙智子《きじまさち》だ。

英理子は女子バレー部の新部長。百七十九センチの高身長で、きれいというよりはかっこいいと呼んだほうがしっくりくる容姿の持ち主だ。英理子目的にバレー部に入部した後輩女子は数多い。ちなみに、二Aで英理子より身長が高いのは男子でも葵遠だけだ。

沙智子は対照的に小さく、笑顔の絶えない少女だ。二Aの担任であり女子バレー部顧問の八神沙希《やがみさき》の百四十七センチよりも低い、百四十四センチ。童顔でもあり、時によっては小学生に間違われることもある。

早百合は葵遠の隣の自分の席にバッグを置くと、英理子と沙智子の顔を眺める。

「二人とも変わってないね。日焼けもしてないし」

「その科白《せりふ》、そっくりそのまま返すよ」

「ふふ、私はバイト三昧《ざんまい》だったよ～」

「あたしは、部活。で、早百合は葵遠とお楽しみだった、と」

「やめて。冗談だってわかってるくせに。二人で出掛けたのは本当だけど。で、そこはいつまで寝た振りしてるの？」

早百合が隣の席に水を向けると、突っ伏していた葵遠が勢いよく上体を起こした。

「気絶してたんだよ！　百科事典で殴りやがっただろ、お前」

「百科事典なんて持ち歩いてないわよ。哲平じゃあるまいし」

「テツ、お前そんなの持ってんのか？」

「ああ、実はピンクの百科事典ってやつをな。サユリン、内緒だって言ったのに」

「貸してくれ！　是非！」

その時チャイムが鳴り、英理子たちはそれぞれの席へと戻っていった。早百合は葵遠に小声で言う。

「私をネタに使うのはやめてって言ってるでしょ？」

「ちょうどいいネタだったんだからしょうがないだろ?」

「どこからでもネタ持ってこれるくせに」

少しだけむくれたように、早百合は頬を膨らませた。

担任の八神沙希が教室に入ってきて朝のＳＨＲ《ショートホームルーム》。簡単な連絡事項を聞いてから、始業式のために体育館に移動。始業式が滞りなく終わると、二学期初日から普通授業が開始される。

授業が始まってすぐ、隣席の葵遠から早百合の机の上に折り畳まれた紙片が飛んできた。早百合は葵遠を一瞥してから紙片を開く。

『それよりも気付いてるか?』

「…………」

なにが「それよりも」なのか話の繋がりがわからない。早百合は紙片の裏に『なんのこと?』と書いて葵遠の机の上に投げ返した。それを確認した葵遠が新しく切り取った紙になにか書き込み、早百合は再び飛んできた紙片を開く。

「……っ」

早百合は眉を顰《しか》めた。隣席に視線を向けると、葵遠が真面目な顔で頷く。

早百合はもう一度、紙片に視線を落とした。

『校内で魔力が感じられる』


休み時間になると、早百合は葵遠を連れてベランダに出た。

「魔力が感じられるって、どういうこと？」

授業の間ずっと気になっていた。早百合には感じられない程度の魔力量だとはわかったが、だからこそ、それ以上のことはわからなかった。

「そのまんまだ。魔物が潜んでるのかもな」

「この学校に？」

葵遠が言うからには確かに魔力を発するなにかがいるのだろうが、早百合には信じられない話だった。祓獅である葵遠のいる央城高校には結界が張ってある。ごく初歩的な結界だが、魔物除《よ》けにはなる。その中にわざわざ踏み込んでくる魔物はそういない。

葵遠もその可能性は低いと思っているようで、少し間を空けてから続けた。

「あとは、あまり考えられない可能性だけど、俺みたいなやつがいるとかな」

「魔力を扱う人間……」

早百合は口元に指を当てて思案した。

「そう」

葵遠も頷く。

葵遠の〝巫の秀腕〟は魔力とは似て非なるものらしいが、魔力を扱える者は確かに存在する。ただ、そういう人間は魔力を帯びていることがすぐにわかる。少なくとも一学期までの央城にはいなかった。二学期からの転校生はいないし、転任してきた教師もいない。

葵遠のように、能力を発動させた際にだけ体内に蓄えられた魔力が放出されるタイプの人間――早々と結論付けるならそれ以外にないだろう。

「いったい誰が……でも、葵遠がそうまで落ち着いてるんだから、害はないってことでしょ?」

早百合はベランダの手摺りに両手をついた葵遠の横顔を眺め――そこで察した。

「……そういうこと。相手が誰なのか、もうわかってるのね。違う?」

でなければ、いくら楽天家の葵遠とはいえ、もっと早くになにかしらの行動に移ってい るはずだ。〝巫の秀腕〟を宿す祆獅であることに、葵遠は誇りを持っているのだから。

葵遠はにぃと笑った。勝ち誇るような笑みだ。

「一年C組の奈良由紀って女子だ。学校着いたらいきなりだったからさ、ちょっと調べて おいたんだ」

「私を試したのね？」

「悪気はないよ」

葵遠はからからと笑ったが、早百合としては面白くなかった。してやられた感が残る。この学校の中で魔力が感じられると聞いて、少し焦った自分が情けない。

一Cの奈良由紀。いつだったか、「彼女が乗るバスや電車はいつも奈良行き」なんてくだらない冗談を言われていた少女だ。人とコミュニケーションを取るのが苦手なのか、独りでいるイメージが強い。祖母と二人暮らしで、部活はやっていない。成績は悪くなかったはずだ。

「咄嗟《とっさ》に思いつくのはそれくらいか」

ふむ、と自身に頷いてみせる早百合。それを見ていた葵遠は、気をつけの姿勢になって頭を下げた。

「おみそれしました」

央城の生徒数は千人弱。早百合は「すべての生徒の弱みを握っている」と囁かれている。それが真実かどうかはさておき、名前を聞いただけで特定の生徒の情報がつらつらと口にできるとは恐れ入る。

早百合は気にせず、話を進める。

「でもさ、だったらどうして奈良由紀は魔力を放出しているの？」

「それがわかれば苦労はない」

「わからない、ってこと。様子を見るのが一番かな。直接話を聞くには早い気もする」

奈良由紀は今年入学した一年生。魔物ではないし、魔力を秘めていることも今日まで気付かなかった。なにかしらの目的があるのだとしたら、近いうちに新たな動きを見せることだろう。早百合に感じられない程度の魔力量なら、対処に当たるのはそれからでも遅くはない。

それにしても、明神ヶ岳の魔物といい、立て続けにおかしなことが起こる。

「任せるよ。ここは早百合の城だ」

葵遠が言う。自分は従者であるから動く時はいつでも付き合うと、そういう意味合いだ。

「私の城で勝手なことはさせないわ」

早百合も調子を合わせて不敵に笑んだ。

しかし、状況はただ眺めていることを許さないところまで進んでいた。


翌日の九月三日。

央城に登校した早百合は、校門をくぐった瞬間に足を止めた。

その横を他の生徒たちが次々と校舎に向かって歩いていく。誰もが興味を持ったように早百合にちらちらと視線を送る。それもそのはず、早百合は央城では知らぬ者なし、ミス央城に選ばれた美少女というだけでなく、「早百合をフルネームで呼ぶと秘密が暴露される」という裏校訓が存在するほどの有名人だ。校訓は知らなくても裏校訓を知らない生徒はいない。

しかし、生徒たちの視線も気に留まらないほど、早百合は呆然と立ち尽くしていた。一分ほどのち、硬直が解けたあとの早百合の動きは目を瞠るほど素早かった。昇降口に向かう生徒の合い間を縫うように走り、急いで上履きに履き替えて二Aの教室に向かう。勢いよくドアを開けて自分の机の上にバッグを放り投げ、先に登校していた沙智子への挨拶もそこそこに、葵遠のワイシャツの襟首《えりくび》を掴んだ。

「ちょっと来て」

「お、おい、お前はなんでいつも俺を猫みたいに――」

強引な早百合の誘いに、葵遠は机と椅子をがたがた揺らしながら立ち上がり、引き摺られるように教室を出て行った。


ずんずんと校舎内を移動していった早百合が葵遠を解放したのは、一般棟の屋上に出てからだった。一般棟の屋上は草木が育つ憩いの場の一つだ。緑色のフェンスに囲まれることは、昼休みなどはお弁当を食べる生徒たちで賑わう。だが、朝のSHRが始まる前のこの時間に屋上に来ている生徒はいなかった。いや、男子が一人だけいたのだが、早百合がぎらっとした視線を向けた瞬間に逃げるように校舎の中に戻っていった。

「どういうこと？　葵遠」

早百合は葵遠と向き合うと正面から詰め寄った。

「どういうことって言われたって」

葵遠にも早百合の言いたいことはわかっているが、答えようがないらしく言葉に詰まる。

「私はこんなの聞いてない」

「誰も言ってないからなあ」

「なに？」

「いや俺だって聞いてないって。うん」

軽口を叩こうとした葵遠を、早百合は一睨みで黙らせた。

「一日で魔力量が格段に上がってる。私が気付かない程度だったものが、私が気付かないはずがないくらいまで。しかも校舎の外でわかるほどよ」

「俺にだってわけがわかんねえよ。びっくりしたのは俺だって同じだ」

「これでもまだ害はないっていうの？」

「ああ、それなら大丈夫だ」

「どうして？　まだその程度ってわけ？」

「いや。魔力量はたいしたもんだよ。ただ、魔力が漏れ出てるって感じなんだ。敵意や悪意があって魔力を放出しているわけじゃない」

「……なるほどね」

早百合は頷きながら、校内に漂っている魔力に探りを入れた。魔力というものは、式に則って精緻に編み上げられて初めて結界や攻撃手段などの技を成す。だが放出されている魔力は、葵遠の言葉通り、意図的に編み上げられているわけではなさそうだった。

「今日も奈良由紀のところ、行ってみたんでしょ？」

「ああ。そこで思ったんだけどさ。彼女、自分が魔力を制御できてないって気付いてないんじゃねえか？　こういう時の俺の勘ってわりと当たるんだけど。悪い予感だけ」

悪い予感。つまり、「奈良由紀が魔力を制御できていないことに気付いていない」というのは、悪いことが起きる予兆だと葵遠は感じている。早百合にはその勘を決して否定することはできない。葵遠は祓獅であり、対魔物戦においては早百合よりもずっと経験豊富だ。

調べてみる必要ができた。それも早急に。様子見なんて悠長なことは言ってられない。

「私、早退する」

「──は？」

「お腹痛くなったから」

ぽかんと口を開けている葵遠を気にせず、早百合は踵《きびす》を返した。

「沙希ちゃんにそう言っといて」


奈良由紀。央城高校一年C組在籍。誕生日、十二月六日。血液型、A型。成績、中の上。部活動、無所属。アルバイト歴、なし。補導歴、なし。仲のいい友達、なし。住所、前橋市田口町。一戸建ての貸家に祖母と二人暮らし。母親は早くに亡くなっており、父親は母親が生きていた頃から北海道に単身赴任で別居。現在も継続中。生まれは静岡県沼津市。中学一年まで沼津市内で暮らしていたが、中学一年の夏に祖母と一緒に前橋に引っ越してきた。

無口、人見知りする、人付き合いが悪い、これらは引っ越してきてからの周囲の評判。沼津ではそうでもなかったらしい。明るい、面白い、きれい好き、これらが小学生の時の周囲の評判であり、担任の先生の評価も同様。少なくとも、小学五年生までは。

イジメというほど陰湿なものには発展しなかったらしいが、確かにイジメらしきものは存在した。中学一年生の時についた綽名《あだな》が……

——死を告げる悪しき魔女。

最低だ。魔女と名付ければなにをしようとも正当化され許されると思っている風潮は現在でも確かに存在している。

由紀は小学生の時に立て続けに身近な人の死と向き合っている。父方の祖母、母方の祖父、母親、仲のよかった友達。友達の名前は大場桃子。八月十七日が大場桃子の命日。由紀は毎年欠かさずに沼津までお墓参りに訪れている。もちろん今年も。独りで。

「死を告げるって、どういう意味だと思う?」

早百合は隣を歩く葵遠に問いかけた。

二人は由紀の自宅に向かって歩《ほ》を進めている。時刻は夕方五時を回った頃だ。早百合は制服のままだが、葵遠は黒いTシャツに茶系のパンツという私服だ。

早百合は、今日一日使って調べ上げた情報を葵遠に伝えた。

「死を告げる悪しき魔女か……。そのままなら、あなたは何年何月何日に死にます、ってことだろうけどな」

「占い師じゃないんだから」

「まあな。あとは……なんかある？」

早百合は小さく頷く。

「死神って捉え方がある」

「ああ、なーるほど」

死を告げる悪しき魔女とは、命を奪う死神そのものと考えることができた。だが、小学生だった由紀が祖父母や母親、友達を殺したという証拠はなに一つない。殺す理由も見当たらなかった。それに病死、老衰、事故死と判断が下されている。

しかし、逆に、だからこそそんな綽名がつけられたのかもしれない。証拠はないが、心証はあったのかもしれない。少なくとも周囲の人間の目にはそう映った。

由紀の生活サイクルはどこまでも単純だ。央城と自宅の往復。休日も家から出るのは飼っている犬の散歩の時だけ。殻に閉じ籠ったような生活振りだ。

「すごく素顔に興味があるのよね、私」

「なんで？」

「なんとなく、気になるの」

もしかしたら、自分に少し似ているのかもしれない。早百合は漠然とそんなことを思っていたが、決して口には出さなかった。

由紀の家の周囲からも魔力が感じられた。こんな、所構わず魔力を放出していることも、由紀が自分の魔力を制御できていないという推測の裏づけになる。

「放出じゃなくて、漏れ出ているだっけ？　自分の一定の力以上のものが出ているだけなら、疲れたりしないのよね。気付かなくても当然なのかな？　でも、どうして今頃こんなことに……」

「わかんねえ」

葵遠も首を横に振る。

早百合は思案する。が、どうも話を進展させるには情報不足だった。いろいろ調べてはみたが、あの綽名以外に魔力に関係がありそうな情報は今のところ得られていない。

早百合は由紀の家の近くで待った。そろそろ犬の散歩に出掛ける時間だと知っていたので、その途中で直接話を聞こうと思っていた。

由紀は白いTシャツに黒いジャージ姿で犬の散歩に出掛けた。由紀が散歩に向かったのは利根川田口緑地の方向だった。早百合と葵遠はあとを尾けた。

利根川田口緑地は、「坂東太郎」の異名を持つ利根川沿いにある。緑地内には芝生の敷かれたグラウンドがあり、小学生のサッカーや野球の試合、犬のフリスビー大会などが行われる。他にもローラースケートやラジコンなど、さまざまな楽しみを求めて人々が集まる憩いの場となっている。

その日も緑地には多くの人の姿があった。由紀のように犬の散歩をしている人も緑地のあちこちに見かけられた。

「奈良由紀さん」

早百合が由紀の背中に声をかけたのは、利根川沿いを走る国体道路から緑地内に下りてすぐだ。

振り向いた由紀は、すぐに呼び止めた相手が誰だかわかったようだった。

「こんにちは。私は早百合。央城の二年。これだけで、わかるかな?」

「……知ってます」

意外にも由紀はしっかりと返答した。もう少しおどおどした喋《しゃべ》り方をすると思っていた。

「こっちのは天城葵遠。私のクラスメイトだけど、知らなくても別に――」

「なにか用ですか?」

由紀は早百合の言葉を遮った。

一瞬虚をつかれた早百合だったが、すぐに思い直して口を開く。

「ちょっと聞きたいことがあって――」

「話すことなんてありません」

由紀は早百合の話を聞く姿勢も見せなかった。全身で質問を拒絶して、そのまま足早に歩き去った。

「ちょっと……」

思わぬ展開に、早百合は二の句が告げなかった。由紀の背中を見送る早百合の隣で、葵遠が苦笑する。

「これが本当に取り付く島もないってやつだな」

「……違うと思う」

「ん？」

早百合には、由紀の態度が怯えているように見えた。由紀は逃げたのだ。早百合から。見えないなにかから。

（それは、なに？）

「まあ、早百合は悪い評判のほうが知れ渡ってるから警戒したんじゃねえの？」

「いい加減なこと言わないで」

「いい加減なことだと思ってるのか？」

「……ふん。葵遠の評判よりはマシよ」

胸中にしこりを残したまま、早百合は利根川田口緑地をあとにした。

二

九月一日の朝。月夜は魔物たちの統率者であった煙狐を生かしたまま忍の里に連れ帰った。ひとえに話を聞くためだ。魔物が徒党を組んでなにを企んでいたのか。理由もなく魔物が行動を共にすることなどない。そこには必ず明確な目的があるはずだった。

現在残っている忍の里は二か所だけ、京都・嵐山と箱根山の山中に巧妙に隠されている。明神ヶ岳は箱根の外輪山の一つであるから、箱根山の忍の里とは地理的にそれほど離れていない。魔物が明神ヶ岳に集合していたのもそこに理由が存在するのではないかと、月夜は考えていた。

忍の里には、魔力を封じる結界が張り巡らされた地下牢がいくつか用意されている。

煙狐はその地下牢の一つに放り込まれていた。月夜が震鳴扇で負わせた怪我には最低限の手当てをしてあったが、片側だけとはいえ手足を失い満足な治療も受けないままで生き続けているのだから、魔物の生命力には凄《すさ》まじいものがある。

月夜は煙狐の回復を待って、昼過ぎに地下牢を訪れた。警備の忍と視線で挨拶を交わし、月夜はたった一人で警戒することなく煙狐のいる牢屋の中に足を踏み入れた。

扉は開けたまま、月夜は煙狐と向かい合う。

牢屋は六畳間ほどの広さがある。天井も壁も地肌が剥き出しのままで、ひんやりとした冷気が漂っている。当然、窓などはない。牢の内部を照らしているのは扉の脇にある蝋燭だけなので非常に薄暗い。それでも魔物は夜目が利くし、忍も訓練を積んでいるので灯りとしては十分だ。牢屋の中はともかく、通路の見通しが利く程度には明るい。

煙狐は足を投げ出すようにして、背中を壁にもたせかけて座っていた。傷口からの出血はすでに止まっているようだ。

「起きているか?」

月夜が声をかけると、煙狐は身じろぎ一つせずに口を開いた。

「夢を見ていた。お前をずたずたに斬《き》り裂く夢を」

「魔物も夢を見るんだな」

怨嗟の籠った煙狐の視線を、月夜はさらりと受け流した。

煙狐は苛立ちを抑えるかのように舌打ちし、視線を逸らしながら口を開いた。

「なにしに来た？」

「あれだけの魔物を集めて、お前はなにをしようと企んでいたんだ？」

月夜は単刀直入に訊いた。回りくどいのは好きではない。

「ここは、忍の里だろう？」

月夜は無言を返事とした。

「俺たちはここを襲撃するつもりだった」

やはり、と月夜は思った。予想していた答えだ。

「目的は？」

「はっ。今ここの襲撃だって言っただろ、餓鬼」

囚われの身であっても、煙狐の高圧的な態度は変わらない。殺したければ殺せ。すでに負けを悟っているからこそ、最後まで自分を曲げるつもりはないのだろう。その潔《いさぎよ》さは、月夜にとっては好感を覚えるものだった。

「魔物を集めて忍の里を襲撃しようとしたのは目的ではなく手段だろう。忍を全滅させることが目的だったのか？　それとも、囚われている魔物の解放なんて洒落《しゃれ》た目的があったのか？」

地下牢には囚われている魔物が常時数匹いる。生態調査のためでもあるし、忍の修行のためでもある。相手が魔物とはいえ決して人道的とは言えない目的のために、魔物はこの地下牢で飼われているのだ。

「……確かに、忍の抹殺ってのは目的の一つだった」

一拍置いてから、煙狐は答えた。

「他にもあるのか？」

「一番の狙いは、神具《しんぐ》」

「…………」

そういうことか。月夜は表情を変えずに胸中で頷いた。

神具の奪取。それこそが魔物たちの目的だった。いや、それすらも手段だったといえる。真の目的は、魔物を世に溢れさせ混沌《こんとん》を招くこと。

神具は忍具の最上級の武具であり、数に限りがある。この忍の里に保管されている神具は二つ。神具は担い手を選ぶため、月夜にも扱えない。相性の問題といえた。

また、神具は最上級の武具であると同時に、鍵でもある。対になる扉が存在するのかも、どうやって使用するのかも月夜にはわからないが、神具によって開く扉には、瘴気《しょうき》で世界を満たし、消滅した魔物を現世に復活させることができるという噂がある。

あくまでも噂。伝説やお伽噺《とぎばなし》に過ぎない。そう思っていたのだが、魔物がそれを狙っていたとなると、また話が違ってくる。

「神具が忍の里にあると思ったのか?」

月夜は冷笑を浮かべた。わざわざ真実を教えてやる必要はない。こちらに必要な情報だけを聞き出せればいい。

そんな月夜に、煙狐は含み笑いを返した。

「そんなこと俺には関係なかった。俺は思う存分暴れられればそれでよかったんだ」

月夜は軽く眉根を寄せた。狙いを神具としていながら、そんなことは関係ないと言い切った今の言動が指し示すことは一つ——煙狐は統率者ではない。

「お前も呼ばれた口か」

今回の件は思っていた以上に厄介らしい。煙狐ほどの魔物を従える魔物が、まだ姿を隠している。

月夜の態度に、煙狐は高笑いした。その哄笑を聞き止めて、警備についていた忍が煙狐の牢屋まで様子を窺いに来た。月夜は表情を崩さず、冷静な視線でただ煙狐を見つめていた。

煙狐はひとしきり笑ったあと、言い捨てた。

「首謀者は闇蜘蛛《やみぐも》だよ、月夜様」

揶揄《やゆ》するような囁きの薄ら寒い響き。

わずか一瞬、月夜の表情に驚愕の色が表れた。

断片的な記憶が、ストロボを焚かれたように脳内でフラッシュバックする。

黄色い目。黒い触手。動かない体。そして、血塗《まみ》れの——

「闇蜘蛛はどこにいる?」

月夜は感情を殺すことを優先した。直前と変わらない冷静な姿勢で煙狐に問いかける。

「さあな。どこに行ったかは知らない。だが闇蜘蛛は必ず戻ってくる。近いうちに、お前たちを殺しにここにやってくるぞ」

見下したように笑う煙狐の言葉に嘘は感じられなかった。

「闇蜘蛛が姿を消したのはいつだ?」

「もう十日ほど前だ」

月夜は闇蜘蛛がどんな魔物なのかを知っている。実際に対峙し、その姿と実力を目の当たりにしたことがあるからだ。

「罠でも仕掛けるか? 今のうちにせいぜい足掻《あが》いておくんだな」

煙狐は小馬鹿にするように笑ったが、月夜はなにも返さずに牢屋をあとにした。

今後の行動に思考を働かせる。闇蜘蛛は明神ヶ岳にはいない。煙狐の言動から推察するに、闇蜘蛛は一時は明神ヶ岳にいたが、十日ほど前に目的地を告げずに姿を消した——。

闇蜘蛛の気配なら追えるかもしれない。月夜は長老に話を持ちかけ、洸と共に闇蜘蛛の足取りを追うことにした。

「闇蜘蛛は、お前が倒さねばならぬ敵だ」

去り際に、長老に言われた言葉が胸に染みた。

サポート役にショーコ・メリムーンがつけられたが、必要になるかどうかはわからない。

ショーコはイギリス人の父親と日本人の母親を持つアメリカ生まれの日本育ちであり、白い肌に金髪というういくつかの部位だけがハーフであることを示している。性格は天真爛漫《てんしんらんまん》で、月夜と同い年くらいに見られがちだが、実際は月夜より五つ年上の二十二歳だ。

「はあい、月夜。わたしの出番がきたらいつでも呼んでいいからね」

忍の里を下りてすぐに接触を図ったショーコは、アニメの絵柄が描かれた綿飴の袋を片手に持ちながら笑顔で言った。

「期待せずに待っててくれ」

お祭り好きの能天気女に月夜は冷たく返した。

ショーコは無能ではない。忍の里と、任務に当たっている忍との間の情報伝達の架け橋という役割を担っている。部下はいないが有能な情報網を巡らせており、忍の能力は一切ないが、捜査員としては一流だと月夜も認めている。なんだかんだで組むことが多く、付き合いは長い。

「そうだ。一つ気になっていることがあった」

月夜はその朝に見かけた、魔物を一撃で葬り去った一組の少年少女のことをショーコに話した。

「うーん、一応追ってはみるけど、難しいと思うよ？」

「期待はしてない」

「……少しはお姉さんを信じなさいよ」

ショーコがいじけたように呟くと、月夜の隣で、洸がにこりと微笑んだ。

「月夜様のは期待の裏返しですよ。ですから、心してかかってください」

「うっ、わかってるわよ」

ショーコは若干怯みながら言い返す。洸が苦手なのだ。

「ところで、今は勤務中ですよね？　その手に持ってる綿飴はなんですか？」

「――あ、これは、ちょっとね、あはは」

しまった――という顔をしたショーコは笑ってごまかすことにしたようだが、洸は容赦がなかった。

「ああ、なるほど。闇蜘蛛を追う手掛かりですか。わかりました。こちらで預かります」

「え」

綿飴は、目を丸くしたショーコの目の前であっという間に洸の手へと移っていった。

「ちょっと待ってよ。それはわたしがさっきお祭りで――」

「なにか?」

洸が笑顔を向けると、ショーコは引き攣《つ》った笑みで撤回した。

「う、ううん」

頃合いを見て、月夜は踵を返した。

「行くぞ」

「はい」

綿飴を持った洸が素直に従う。そして、

「あ、わたしの綿飴……こ、洸君の意地悪ぅぅ！」

ショーコの嘆きが青空に吸い込まれた。


月夜と洸は闇蜘蛛の残留魔力を捉えることに成功した。

残留魔力とはその場に残った魔物の気配のことで、戦地や魔物が長く留まっていた場所に強く残る。移り香のようなもので、残留魔力の濃度は魔力量に比例する。

闇蜘蛛の魔力量は煙狐を凌ぐ。加えて闇蜘蛛は移動速度が非常に遅いため、まるでその場に留まっていたかのような痕跡が残されることとなった。並の忍よりもずっと鼻が利く洸は、十日ほども前の闇蜘蛛の残留魔力を嗅ぎ取ったのだ。

一つだけ、街中を通って明神ヶ岳から離れていく魔力の残滓《ざんし》があった。大雄山最乗寺に向かう天狗の小径を下り、南足柄市を出て隣町の開成町から小田急線沿いを厚木方面に向かっている。どうやら闇蜘蛛は線路沿いを北上していったらしい。

厚木市から相模線沿いを、八王子市から八高線沿いを、高崎市から上越線沿いを、月夜と洸はひたすらに北へ北へと闇蜘蛛の残留魔力を追った。神奈川の西端から東京、埼玉を通って群馬へ。

二人が北上する足を止めたのは、前橋市北西部にある田口町だった。辿り着いたのは翌日、九月二日の昼間。その場所には、魔力が霧のように立ち込めていた。

「どうなってるんですか？　こんなに魔力を撒き散らして、気付いてくれと言っているようなものじゃないですか」

「……いや、この程度ならまだ騒ぐほどじゃない」

月夜は冷静に判断を下す。確かに強い残留魔力が感じられるが、他人より余計に鼻が利く洸は判断基準を誤っていた。

魔力はＤＮＡなどとは違い、固体識別はできないため、この残留魔力が闇蜘蛛のものかどうかはわからない。

「闇蜘蛛ではないかもな」

月夜はなにげなく呟いた。戦闘などで闇蜘蛛が魔力を放出したと考えると、残留量が少な過ぎる。他の何者かの魔力だとしたら、これほど強い残留魔力があっては闇蜘蛛の魔力の残滓は消されてしまって追えない。

「だからといって――」

「ああ」

月夜は洸の言葉を遮って頷いた。無関係だとはとても思えない。闇蜘蛛がこの魔力の持ち主を誘いに来たという線もなくはないのだ。

「まずは、この魔力の出処を探ることから始めるしかないな」

「任せてください。こんなふざけた真似をしているやつなんかすぐに見つけてみせますよ。僕一人で十分です。月夜様はどこかで休憩でもしていてください。闇蜘蛛を倒す場面になったら登場してもらいますから」

自信に満ちた表情で言い募る洸に、月夜は、ふ、と笑みを零《こぼ》した。

「そういうわけにもいかないだろ」

月夜も洸の実力は認めている。流燕をわけもなく操る点だけでも、洸が優れた忍だとわかる。だがまだまだ子供で、感情の抑えが利かないことがままある。能力的には最近腰が痛いと口にしている青磁よりも上だが、一対一の試合で洸が勝った試しはない。今回の任務にも、月夜は洸を深入りさせるつもりはなかった。

魔力が濃く残っていたため、持ち主を探し出すのは簡単だった。

意外にも、その正体は高校に通う普通の人間だった。

名前は奈良由紀。前橋央城高校の一年生で、素性も明らかであり、決して魔物ではない。

月夜はしばらく様子を見ることにした。奈良由紀という少女は何者なのか――その点の調査は洸とショーコに任せ、月夜は奈良由紀の動向を監視していた。

おそらくは、餌《えさ》。

それが月夜の見解だった。世界広しといえど、これほどの魔力を持ちながら、これほど無防備な人間はそういない。闇蜘蛛にとっては格好の獲物だろう。闇蜘蛛は喰うことによって獲物の魔力を自分のものにできる。ただ、それならそれですでに奈良由紀は喰われていてもおかしくない。これだけの魔力を撒き散らしているのだから、闇蜘蛛が気付かずに素通りしたとは考え難い。

「いささか、状況が不明瞭だな」

苦々しげに、月夜は独語した。

一夜明け、登校する奈良由紀を尾行しながら、月夜は胸中で困惑していた。

魔力量が一晩で考えられないほど上がっていたのだ。まるで生まれたての雛《ひな》が一晩で成鳥に育ったかのような、常識を覆すほどの魔力の跳ね上がり方だった。

奈良由紀の異常が目立つ中、闇蜘蛛の所在は未だに掴めずにいた。

由紀の生まれ故郷である沼津に行っていたショーコから連絡があったのは、由紀が下校した直後だった。ショーコは調査を終え、こちらに向かうという。月夜は軽く変装して素顔を隠すと、犬の散歩に出かけた由紀のあとを歩き始めた。

間もなく月夜は、同じように奈良由紀を尾行している存在に気付いた。央城の制服を着た女子と私服の男子——一目でぴんときた。

一昨日、明神ヶ岳で忍の手から逃げた魔物を一瞬にして屠《ほふ》った一組の少年少女！

まさか、こんなところで再会するとは思わなかった。

二人は、緑地公園に入ってすぐ由紀に話しかけた。月夜は驚きを胸中に隠してさりげなくすれ違い、会話の中から二人の名前をしっかりと記憶する。

キオンとサユリ。尾行を続けながら、月夜は緑地公園から去っていく二人の後ろ姿を一瞥した。

この件にどこまであの二人が関わっているのか、気にせずにはいられなかった。


その日の夜、奈良由紀の家が見える路肩に停めた白いワンボックスカーの中。

運転席にショーコ・メリムーンが、助手席に月夜が座っている。この車はショーコ個人の持ち物だ。カップホルダーには紅茶のペットボトルが二つ。どちらも口が開いている。

月夜は黒一色の忍装束。人前に出る予定がない場合、月夜は常時忍装束を着用することにしている。

ショーコはライトベージュのサファリシャツにカーキ系のブーツカットパンツで、彼女が着るとスタイルのよさが際立つ。バックルの目立つリバーシブルベルトを巻き、左腕に男物のごつい時計を嵌めている。ボタンの外れた胸元からは深い谷間が覗く。

膝の上に真っ赤なノートパソコンを載せ、左手にはあんず飴。ルームミラーには金魚が入った袋がぶら下がっている。あんず飴も金魚も途中で手に入れてきたものらしく、車に乗り込んだ途端に物言いたげな月夜の視線を受けたショーコは、「もう夏祭りも終幕だしねぇ」と感慨深げに言った。

「すっごい相手よ、月夜」

本題に入ると、興奮し勢い込んだ調子でショーコは話を切り出した。

ショーコにはこちらに向かう間に、「キオン」と「サユリ」の素性を洗ってもらった。

明神ヶ岳と奈良由紀。共に闇蜘蛛が関わっているであろう事件の渦中に、あの二人は存在している。とても偶然とは思えなかった。

「凄いのはわかってる」

月夜は冷めた口調で言う。改めて言われるまでもない。なんといっても魔物を一撃で屠る手合いだ。

「ふふん」

月夜の反応を受けて、ショーコは楽しそうに鼻を鳴らした。

「予想以上だと思うよ？　わたしだってすっごい驚いたんだから」

「それはそれは」

「月夜が出会った少女は、早百合。フルネームは河野白鳥春名早百合って言うんだけど」

「長いな」

「それ禁句。苗字を呼ぶこと自体禁句みたいだけど、長いなんて言ったら月夜もきっと最期よ？　色んな人の秘密を握ってるらしくて、情報収集能力はわたしたち里の捜査員以上かもしれないんだから」

ショーコがそこまで認めるのは珍しいが、

「俺が気になってるのは男のほうだ」

魔物を屠ったのは少年の一撃だ。

「ああ、天城葵遠。こっちもすっごいっていうか、すっごいコンビよ、この二人」

「さっきからすっごいって言葉使い過ぎだ」

「わたしの話を聞きなさいよ」

ショーコはノートパソコンの液晶画面を見ながら続ける。

「葵遠っていう名前が珍しかったから、二人の素性はすぐに判明したの。予想通り、天城葵遠も前橋央城高校の生徒だったからね。早百合も葵遠も二年生で、奈良由紀と直接的な関係はない。そしてそして、月夜の気になる葵遠君は、なんと祅獅なんだよ！」

「なるほど」

ショーコの大々的な振りに対して、月夜の反応はあまりにも淡白だった。

祅獅の存在は月夜も知っている。知り合いの忍がその一人でもある。祅獅は魔物退治の専門家だ。忍も魔物退治を請け負うが、政事の裏で動いていることのほうが多い。

「今現在、祅獅は全国で九人しかいないし、そのうちの一人がまだ高校生っていうんだからすっごいでしょ？　ふふっ、巫の秀腕を宿している能力者だって聞いても驚かない？」

「――あいつが」

さすがの月夜も驚いた。

〝巫の秀腕〟――万物を滅する万能の腕。魔物を一撃で葬れるわけだ。〝巫の秀腕〟を持つ者が祅獅になったという話は、当時異能者たちの間で話題になった。

手合わせしてみたいとは思わないが、〝巫の秀腕〟の真価には興味がある。震鳴扇ではきっと傷一つ負わせられないだろう。神具ならばあるいはと思いはするが、果たして――。興味深い。

「それで早百合のほうだけど、祆獅・天城葵遠のただの連れなんかじゃないんだから。驚くぞ～。なんとなんと、早百合は白珠継承者よ！」

月夜は寄りかかっていたシートから背中を浮かせた。

「白珠継承者だと……」

〝白珠継承者〟。魔力による支配をすべて跳ね除け、魔物を封じる能力を持つ者。〝白珠〟と一対の能力者であり、世界に二人といない存在。まさか普通に暮らしている女子高校生だとは思わなかった。

〝巫の秀腕〟を宿す祆獅に、白珠継承者。

「豪華な組み合わせよね」

月夜も同意する他ない。それぞれが攻撃と防御のエキスパート。単純な計算をするなら、二人合わせれば「対魔物戦では無敵」という解が得られる。

「二人が明神ヶ岳にいたのは偶然かもしれないけど、奈良由紀の近くにいるほうは必然ね。同じ高校に通ってる生徒から魔力を感じたら、それは探りを入れるでしょ」

「となると、やはり闇蜘蛛と関係ありと見なせるな」

白珠継承者はどうか知らないが、祆獅なら魔力には敏感だろう。近くにいる祆獅が今まで これほどの魔力を放つ存在を放っておいたとは思えないし、放っておいたのなら今になって探りを入れようとするのもおかしい。なにより、闇蜘蛛が奈良由紀の近くに現れたであろう時期と一致し過ぎている。

前橋央城高校。奈良由紀と祆獅と白珠継承者の接点はそこのみ。なにがわかるとも思えないが、一度潜入してみたほうがいいかもしれない。

「また連絡するかもしれない」

そう言って車を降りようとした月夜に、ショーコが言葉を投げかけた。

「洸君、悔しがってたわよ?」

洸がこの場にいないのは、月夜が忍の里に戻るよう指示したからだ。渋る洸に、月夜は「命令だ」と告げて帰した。魔力の元が奈良由紀だと判明し、闇蜘蛛関与の疑いも強まった。これ以上の足取りが追えないとなると、洸はいてもいなくても現状に変わりはない。

「あいつは十分役に立ってくれたよ」

「わっかんないかなあ？　洸君は月夜に憧れてるんだよ？　月夜に名指しされて、しかも月夜と二人だけで任務に当たることになって、洸君がどれだけ喜んだかわかる？　それなのに途中退場させられたら、ねえ？」

　ぴしり、とショーコはあんず飴を月夜の顔に突きつけた。

　月夜はさっと手を伸ばしてあんず飴を奪うと口に咥《くわ》え、

「悪いな」

　車を降りるとさっさとドアを閉めた。

　一拍遅れて、

「あぁー、こらー、返せ、ドロボー！」

　背中越しにショーコの叫び声が聞こえた。

三

——魔女だ。

近寄るなよ、人殺し。

お前が殺したんだろ、魔女。

魔女。魔女だ。魔女よ。魔女！　魔女。魔女め！

「ああ、あいつ、死を告げる悪しき魔女。母親と友達を呪い殺したんだってさ」

シャワーの栓《せん》を緩めて、奈良由紀は冷たい水を頭から被った。

パジャマを着たまま、電気もつけずに。

なかなか寝付けず、うとうとしていたところに、思い出したくない記憶が蘇ってきた。気付けばびっしょりと寝汗をかいており、呼吸も乱れていた。

思い出したくない記憶。忘れたい過去。忘れられない想い。

最近になって、身体が変調をきたしている。熱っぽかったりだるかったり目眩《めまい》がしたり。風邪かと思って薬を服用してみたが一向によくならない。それよりも、日に日に悪くなっている気がした。日常生活に支障がない程度の軽い変調だからまだいいが、気分はよくない。

実は一つだけ、心当たりがあった。

ここ最近、能力の抑制が効かなくなっている。そして一年近く前にもあったように、ずっと先まで視《み》えるようになっていた。クラスメイトとふと目が合った一瞬、それだけで。学校を休もうかと思ったが、周囲との繋がりが切れてしまうのは嫌だった。自分でも笑ってしまう。誰とも繋がりを持とうとしない自分が、繋がりがあるのかどうかもわからない糸を手放したくないなんて。

ずっと早百合が自分を訪ねてきた理由を考えていた。

早百合は央城の有名人だから、由紀も顔と名前、それに普通でないほどの情報通だということを知っている。早百合が持っている黒革装丁の丸秘手帳は、世界の隅々までの情報が網羅されたアカシックレコードだという噂まである。それは言い過ぎだと思うが、情報こそが早百合の力なのは間違いない。

早百合は知っているのかもしれない。自分の過去を。そして、その事実を確かめに来た。もしかしたら能力の抑制が効かなくなっていることも知っていて、また被害者が出るかもしれないと思っているのかもしれない。そうだとすると辻褄《つじつま》が合う。早百合はこんな時だからこそ、自分に近付いてきたのだ。真相を知るために。

ゆっくりと、由紀の視線が鏡へと移る。由紀の両目は黄色く染まり、鈍く光っていた。

——怖い。

由紀は震えた。自分自身、こんなことになっている原因がわからない。

指摘されるのが怖い。お前が殺したのだと、指差す声が怖い。あいつが殺したんだと、遠くから囁かれる声が怖い。みんなが自分を悪者にする。みんなが逃げて遠ざかっていく。

仲のよかった友達も、名前さえ知らない同級生も。自分を見つめる、怯えた視線が怖かった。

（私は魔女じゃない）

由紀は泣いた。

混乱する。現在と過去との記憶がばらばらに混じり合って、由紀を苦しめる。

「**よく平気な顔してられるよな**」

暗闇の中、シャワーの音だけが響き渡る。祖母は起きてこない。迷惑をかけてしまうから起きてこないほうがよかった。

由紀は独りで嗚咽を漏らした。

どうすればいいのかわからない。助けて欲しいと思うのに、助けてくれる人なんてどこにもいない。失ってからなにもかもを遠ざけてきたのだから当然だ。

いつも隣にいて助けてくれた友達を、由紀は助けられなかったから。

消えてしまいたい。消えてしまいたいと思うのに、自分から死のうとするのはどうしようもなく怖かった。

行き場のない気持ちだけが由紀の中でぐるぐると渦を巻く。たまらないほど、不快だ。真綿で首を絞められているようだった。

――どうして殺してくれなかったのだろう。

由紀は思う。私が魔女だというなら。私が殺したというなら。助けてくれないなら。

由紀は願う。どうせなら、殺してくれればよかったのに。

濡れたパジャマが肌に張りつく。冷たい水が体温を奪っていく。

由紀は独り。

「桃子ちゃんがいてくれたらよかったのに……」

膝に顔を埋《うず》めて、泣き続けた。

間章　闇にひそむ

闇蜘蛛と呼ばれる魔物がいた。

忍の里を襲撃し、忍を殺して神具を奪うために、近場にいる魔物を集めた。魔物が魔物を呼び、奇襲を成功させるにはそれなりといえる数と質の魔物が集まった。

しかし、まだ決定力に欠けるような気がした。

準備は万全を期したい。闇蜘蛛は忍と一度ならず戦っており、実力を把握していた。忍の力を侮るつもりはなかった。

そんなことを考えていたある日——八月十七日のこと。闇蜘蛛の感知網に獲物が引っかかった。あるかないかの微弱な魔力量だったが、潜在能力が凄まじく高いことを闇蜘蛛は見抜いた。闇蜘蛛は喰った相手の魔力を取り込むことができる。自分がさらなる力を身につければ、決定力不足を補えると判断した。

すぐに行動に移りたかったが、集まり始めていた魔物を統率できるだけの魔物がその場にいなかった。翌日になってやってきた煙狐にその場を任せ、闇蜘蛛は獲物の匂いを追った。

闇蜘蛛の感知網は特定の魔力——己《おのれ》と同系統の能力にしか反応しないため、その分広く感知できる。ただ闇蜘蛛はある理由から移動速度を極端に抑えざるを得なかった。昼間は人目を避けて隠れており、夜間に微弱な魔力を追った。

獲物の所在を掴んだのは八月三十日。高校生の少女だった。

闇蜘蛛は獲物の潜在能力を表に引き出すことから始めた。潜在能力のままでは、喰らったとしても闇蜘蛛の魔力は上がらない。また、抵抗した獲物が戦いで消費した分の魔力も同様だ。取り込む際に獲物の身体に残っている魔力量こそが、闇蜘蛛の魔力に加算される。どこまでも無防備な少女は格好の獲物だった。が、それゆえに、魔力を引き出す作業に時間がかかるのは止むを得なかった。急激な魔力干渉を引き起こして、獲物の身体が負荷に耐えきれずに破裂してしまっては元も子もない。

闇蜘蛛は待った。待つ時間は苦ではなかった。予想以上に獲物の魔力量が凄まじかったからだ。それだけではない。同系統の能力を持つことから、闇蜘蛛は獲物の能力を推測することができた。そして、もし推測通りの能力ならば、闇蜘蛛は最強となるだろう。忍の里の壊滅など容易《たやす》い作業となる。心が躍る思いだった。

早く、早く、と念じながらも、まだ早い、もっと力を、と獲物の様子を窺う日々を過ごしていた。

待ち遠しくてしかたない。

あと幾度かの夜を越えれば、獲物の身体に魔力が満ちる。

三章　死を告げる悪しき魔女

一

九月四日、水曜日。

空は晴れ渡り、まだまだ気温の高い夏日が続いている。朝の天気予報で台風が沖縄に接近していると伝えていたが、前橋央城高校上空の青空に影響はない。

そんなからっとした青空の下、

「うわ……」

早百合は眉根を寄せて唸った。

自転車で登校した早百合は、央城に近付くにつれ濃くなっていく魔力の気配を感じ取った。昨日よりさらに由紀の魔力量が上がっている。由紀がどこに行こうと、今なら早百合でも簡単にあとを追えるだろう。

昨日は相手にもされなかったが、一度や二度の失敗で諦めるような早百合ではない。今日こそ由紀から話を聞き出そうと思っていた。

二Aの教室に入り、英理子や沙智子と軽くお喋りを交わしてから、朝のSHR。午前中の授業を上の空で聞き流し、昼休みになると弁当が入っているバッグを持って由紀に会いに教室を出た。早百合は「お弁当組」で、弁当は料理学校の先生をしている母親の手製だ。

由紀に会いに行く早百合の隣に、葵遠の姿はない。昨夜、祓獅としての仕事が入ったと連絡があった。「なるべく早く片付けて戻ってくるから無茶はするなよ」と言い残して、葵遠は仕事に向かった。祓獅の仕事はいつも急なのが当たり前で、公欠扱いとなっているが、欠席の本当の理由は担任の八神沙希も知らないはずだ。

一Cの教室を訪れた早百合は由紀の姿を探したが、見つからなかった。

「ねえ、奈良由紀さんて、どこに行ったか知ってる?」

早百合は近くにいた、机を並べてお弁当を食べていた女子三人に訊いた。

「さっき誰かと一緒にどこかに行きましたよ」

「多分、学食だと思いますけど……」

お互いに顔を見合わせて頷き合うその三人も、早百合のことはもちろん知っているだろう。

「誰かって？」

由紀には一緒にお昼ご飯を食べるような仲の友達はいないはずだ。クラスに一人だけ由紀に興味を持っている女子生徒もいるような話だったが、それだけだ。

「背が高くて、髪の長い女の人で、あれって、三年生？」

「さあ？　見たことない」

背が高くて髪の長い高学年の女子――そこから生徒を絞り込むのは難しくないが、「見たことがない」という条件が加わると話が変わる。央城は学年を隔てないイベントが盛んで、背が高い女子というのは必ず目立つはずだ。

「ありがとう」

早百合は礼を言ってから、ちらりと教室内を見回した。聞き耳を立てている生徒が多かったのは、早百合が校内の有名人というだけでなく、由紀を訪ねてきたせいもあるのだろう。

早百合は渡り廊下を通って特別棟一階にある食堂に向かったが、そこに由紀の姿はなかった。あとは中庭か屋上だが、由紀の性格を考えたら人が集まる場所は敬遠するだろう。央城ではコンビニやお弁当屋へ昼食を買いに行くことが黙認されているが、学外となると捜索範囲が広すぎる。連れていったのが誰かわかれば、部室や特別教室などもありえるが――。

「残るのは、特別棟の屋上か」

特別棟の屋上はコンクリートが敷かれただけのなにもない場所で、人目を避けたい生徒がよく利用している。

「――あ」

そこまで考えた時、由紀を探すなら魔力を追えばいいということに気付いた。遅まきながら魔力を探ると、由紀は特別棟の屋上にいることがわかった。

金属製の扉を開き、屋上に出た早百合は階段室の壁に背中を預けて座っている由紀の姿を見つけた。手には学食で買ってきたのかパンを持ち、不機嫌そうにしていた。隣では、見覚えのない女子生徒が座ってパックジュースを飲んでいた。

　由紀に興味を持つなんて誰だろうかと早百合が思った時、背の高い女子生徒が立ち上がってスカートについた埃《ほこり》を払った。

「ごめんね、付き合わせちゃって。私、委員会の用があるから先に行くね？」

「いえ」

　由紀が言葉少なに答え、早百合に気付いた背の高い女子生徒は微笑を残して校舎の中に入っていった。それを見送ってから、早百合は由紀に視線を戻した。

「今の誰？」

　一日経てば顔を思い出せなくなりそうな、どことなく存在感の薄い印象の少女だった。

「知りません」

「二人で話してたんでしょ？」

　早百合は由紀の隣に腰を下ろし、バッグの中に手を入れて弁当を取り出す。

「あの人が勝手に話してただけです」

「なんの話？」

「早百合先輩に関係ありません」

「……………」

昨日の葵遠の言葉ではないが、取りつく島もない。嫌われているのではなく、恐れられている。頑《かたく》なに拒まれている。それら負の感情が由紀の横顔に表れていた。

由紀は早百合に怯えている。それも、天敵に睨まれたウサギのように、深刻なまでの怯えようだ。

悩んだ末、早百合は単刀直入に核心に迫ることを選んだ。

「死を告げる悪しき魔女って、どういうこと？」

その瞬間、由紀の顔が一気に青褪《あおざ》め、唇が戦慄《わなな》き、手や背中が瘧《おこり》のように震え始めた。

「待って！」

早百合は慌てて立ち上がり、走って逃げ出そうとした由紀の手を掴んだ。

「話を聞いて」

「話すことなんてありません！　離してください！　離してっ！」

由紀の抵抗は本気で、早百合も手加減する余裕がなかった。

「なにをそんなに怯えてるの？　私はあなたをどうこうしようなんて思ってない！」

「離してっ！　離してよ！」

由紀は我《わ》が侭《まま》な子供のように手をばたばた振ってもがく。

「私の目を見て話しなさい、由紀！」

早百合もわずかに感情的になったが、由紀の取り乱しようは凄まじかった。

「嫌っ！　嫌です！　どうしてそんなことさせるの！　関係ないじゃない！　なんなんですか！　どっか行って！　私のことなんか放っておいてよ！」

由紀が振り回した手の爪で腕に傷がついたが、構ってはいられなかった。早百合は必死で言い募る。

「なにかあるんでしょ？　それを教えて！　私でよければ力になるから！」

唐突に、由紀が暴れるのをやめておとなしくなった。早百合は自分の言葉がやっと由紀に届いたと思ったが、由紀の口から漏れたのは、嘲笑うかのような響きを持った呟きだった。

「……力になる？」

「そう――」

早百合がもう一声かけようと口を開いたと同時、由紀は冷めた視線を屋上の地面に落としたまま、くぐもった震える声を咽喉の奥から絞り出した。

「だったら、殺してください……殺してくださいよ」

「――」

早百合は言葉を失った。

「殺せばいいでしょ！」

由紀は叫び、早百合の腕を払って校舎の中へと走り去った。

早百合は追えなかった。

ただ呆然と、その場に立ち尽くしていた。

二

翌日、早百合は由紀と一緒に登校しようと、いつもより早く起きてバスに乗り、央城を通り過ぎて由紀の家の近くで待っていた。

やがて家から出てきた由紀は、路上に出て犬の散歩をしていた近所の人とすれ違い、直後、その場にくずおれた。早百合が駆け寄って倒れた身体を抱き起こすと、由紀は意識を失っていた。幸い由紀の家は目の前だ。早百合は由紀の腕を自分の首に回して運ぼうとしたが、上手《うま》くバランスが取れなかった。

「手伝うよ」

横合いから伸びた腕が、由紀の身体を危なげなく支えてくれた。視線を向けると、眼鏡

郵便はがき

料金受取人払郵便

新宿支店承認

511

差出有効期間
平成22年2月
28日まで
(切手不要)

160-8791

843

東京都新宿区新宿1－10－1

(株)文芸社

愛読者カード係 行

ふりがな お名前				明治 大正 昭和 平成 年生 歳	
ふりがな ご住所	□□□-□□□□			性別 男・女	
お電話 番 号	(書籍ご注文の際に必要です)		ご職業		
E-mail					
書 名					
お買上 書 店	都道 府県	市区 郡	書店名	書店	
			ご購入日	年 月 日	

本書をお買い求めになった動機は?

1. 書店店頭で見て　2. 知人にすすめられて　3. ホームページを見て

4. 広告、記事(新聞、雑誌、ポスター等)を見て (新聞、雑誌名)

上の質問に1.と答えられた方でご購入の決め手となったのは?

1. タイトル　2. 著者　3. 内容　4. カバーデザイン　5. 帯　6. その他( )

ご購読雑誌(複数可)	ご購読新聞 新聞

文芸社の本をお買い求めいただき誠にありがとうございます。
この愛読者カードは今後の小社出版の企画等に役立たせていただきます。

本書についてのご意見、ご感想をお聞かせください。
①内容について

②カバー、タイトル、帯について

弊社、及び弊社刊行物に対するご意見、ご感想をお聞かせください。

最近読んでおもしろかった本やこれから読んでみたい本をお教えください。

今後、とりあげてほしいテーマや最近興味を持ったニュースをお教えください。

ご自分の研究成果や経験、お考え等を出版してみたいというお気持ちはありますか。

ある　　ない　　内容・テーマ（　　　　　　）

出版についてのご相談（ご質問等）を希望されますか。

する　　しない

ご協力ありがとうございました。
※お寄せいただいたご意見、ご感想は新聞広告等で匿名にて使わせていただくことがあります。
※お客様の個人情報は、小社からの連絡のみに使用します。社外に提供することは一切ありません。

■書籍のご注文は、お近くの書店または、ブックサービス（0120-29-9625）、セブンアンドワイ（http://www.7andy.jp）にお申し込み下さい。

をかけた大学生風の優しそうな青年だった。

青年に由紀を家の中まで運んでもらい、布団《ふとん》に寝かせた。早百合は、慌てている祖母を落ち着かせ、濡れタオルを絞って由紀の額に当てた。少し熱っぽい。

「医者に連れていったほうがいいよねえ?」

「いえ、それほど心配する必要はありませんよ」

心配そうに呟く祖母に答えたのは、眼鏡の青年だ。

「呼吸も安定していますし、ただの貧血だと思います。過労かもしれません。少し眠ればよくなりますよ。僕、医学部の学生ですから」

青年は財布を取り出すと、中から群馬大学の学生証を抜いて見せた。物腰の落ち着いた青年の雰囲気もあってか、祖母はそれで一先ず安心したようだった。

青年にならって早百合も学生証を見せながら、祖母に由紀との関係を伝えた。

「由紀さんは私が看《み》ていますので、どうぞ仕事に行ってきてください。なにかあればすぐに連絡します」

祖母は最初困惑していたが、早百合が真剣だとわかると「お願いします」と頭を下げ、早百合に家の鍵を預けて出掛けていった。ずっと独りぼっちだと思っていた孫に、親身になって心配してくれる友達がいたことが嬉しかったのかもしれない。

祖母に合わせて青年も出て行こうとしたが、早百合が引き止めた。

「あの、なにかな？　さっきも言ったように、彼女は大丈夫だと思うよ」

早百合は由紀の隣に座ったまま、青年に鋭い視線を向けた。

「あなた、何者？」

「え？　何者って、僕は、近所に住んでる医学部の学生だけど……疑うなら大学に問い合わせてもらっても」

「とぼけても無駄よ。時間の無駄」

早百合は膝の向きを変えて、困惑顔の青年と正面から向き合った。

「昨日の昼休みに屋上で由紀と話してた女子高生、あなたでしょ？　さっきぴんときた。こういうのは理屈じゃないのよね。私、嘘を見破るの、得意なの」

早百合は不敵に笑んでみせた。

青年は目を丸くして驚いていたが、それも演技かもしれない。青年は魔物ではないし、敵対者でもないと早百合の直感が告げている。

「まいったな」

青年の口調が変わった。眼鏡を取り、カツラを外し、マスクを剥がす。

「俺の変装が見破られたのは初めてだ」

下から現れた素顔は、早百合と同い年くらいの、中性的な美形だった。

月夜と名乗った少年は、風魔の忍だという。忍が現代でも存在していることは早百合も知っている。

「見くびってたな。ショーコの報告通りだったわけだ」

「ショーコ?」

「忍の里直属の捜査員だ」

「私たちのことを調べたのも、その人なわけ?」

「ああ」

最初の接点は明神ヶ岳だった。詳細は省かれたが、明神ヶ岳に集まっていた複数の魔物は忍が始末し、その中の一匹を偶然葵遠が始末することになったらしい。

「ねえ、あなたたちが倒した魔物の中に、鳥の顔したゴリラがいた？」

「……剛猩のことか？」

「ゴウショウ？」

「ああ。忍の里では魔物に名前をつけているんだ。正式には〝剛猩種〟という種族で、鳥類の頭部に類人猿の身体を持っているのが特徴だ。報告書に名前が載っていたから、あの日の明神ヶ岳にもいたはずだ」

繋がった！　早百合は状況を忘れて口元に笑みを浮かべた。

「そいつ、行方不明事件の犯人候補だったのよ」

「そういうことか」

月夜も納得したように頷いた。

早百合と月夜は一通り、お互いの持つ情報を交換し合った。話が由紀に移ると、早百合は聞き役に回るほうが多かった。悔しいと思ったが、早百合の表情を読んだのか月夜が真面目な表情で言った。

「俺は感心してるんだ。忍が培《つちか》った情報網で得た情報と同じだけの情報を、お前は一人で掴んでいたんだ。お前に足りなかったのはショーコが突き止めた情報じゃない。俺が最初から知っていた知識だ」

「褒めてくれてるの？」

「言っただろ？　俺の変装を見破ったのはお前が初めてだって」

どうやら月夜には、そのことが早百合をはかるものさしとなったようだ。

早百合は張り合うのをやめた。肝心なことは他にある。

「確認するけど、由紀を狙っているのは闇蜘蛛って魔物で、由紀の魔力が急に溢れ出したのもそいつの仕業ってこと？」

「ああ。まず間違いない。今回倒れたのもそのせいだろう。魔力の大きさに身体が慣れていないためだ。闇蜘蛛も上手く調整してるだろうから、この程度は想定内の出来事かもな」

「簡単に言ってくれるわね。近くにいるってわかってるなら、とっとと探し出して始末しなさいよ」

「巧妙に気配を消してる。奈良由紀の魔力がこれだけ溢れていたんじゃ、こっちから探し出すのはまず無理だ。俺が奈良由紀を監視していたのはなんのためだと思ってるんだ？」

「…………」

なんだか話せば話すほど、月夜の話し方は感情を逆撫でする類《たぐい》のものに思えてくる。

早百合は話を変えた。

「闇蜘蛛はどうして、あんな遠い所から由紀を追いかけてきたの？」

月夜が語った闇蜘蛛の追跡ルートは、早百合が大雄山最乗寺に向かったルートと一致していた。おそらく由紀が沼津へとお墓参りに行ったルートとも。

「奈良由紀の秘めた能力が原因だろう」

「由紀の能力がなんなのか、知ってるの？」

「ああ。俺は闇蜘蛛と戦ったことがあるからな。闇蜘蛛は魔眼喰いだ。やつの格好の獲物は、魔眼の持ち主に他ならない」

魔眼――邪視《じゃし》ともイーブルアイとも呼ばれる、呪いの眼。ギリシャ神話に登場するメデユーサが持つ石化の力が有名か。

「……つまり、由紀は魔眼の持ち主」

「当然、そうなる」

早百合は、闇蜘蛛が喰った相手の魔力と能力を自分のものにでき、そのために由紀の魔力を共鳴させて強引に引き出しているという説明を受けた。そんなことができるのも、由紀が闇蜘蛛と同じ魔眼の能力の持ち主だという証拠になる、と。

「魔眼はお前が思っているよりずっと危険だ。奈良由紀が餌食となるのだけは避けたい」

「…………」

月夜の言い回しは、由紀が餌食になることではなく、闇蜘蛛が魔眼を取り込むことを防ぎたいと言っているに他ならず、早百合は黙っていられなかった。

「月夜って言ったわよね？　忍って、みんなあなたみたいな考え方をするの？　由紀は被害者じゃない。調べたのなら、由紀の過去を少しは知ってるんでしょ？　それなのに、由紀を守ってあげようとは思わないの？」

「守るさ。俺はそのためにここにいる」

早百合の詰問を受けても、月夜の表情は先ほどまでとなに一つ変わらなかった。

「違うわ。あなたは闇蜘蛛を倒すために、由紀のそばにいる。由紀を餌に、闇蜘蛛を誘《おび》き出そうとしてる」

「そんなことをしなくても、闇蜘蛛は奈良由紀を餌として狙っている」

「あなたも魔物と変わらないって言ってるのよ！」

早百合は声を荒げた。

「闇蜘蛛と同じように、あなたも由紀を餌として見てる。餌としか見てない！　被害者だなんて思ってない。感情がないの？　可哀想だと思わないわけ？　あなたも闇蜘蛛も、ただ単に由紀をいいように利用してそれで終わりにしようとしてる。仮に闇蜘蛛を止めることができなかったら、あなたは闇蜘蛛に取り込まれる前に由紀を殺そうとする。違う？」

「優先度ってものがある」

早百合の問いに対する答えは、肯定だった。月夜は微塵《みじん》もうろたえる素振りをみせなかった。

「つっ……！」

早百合は思わず激昂しかけたが、なんとか思い留まった。忍には忍の考え方、生き方があるのだろう。それを否定するつもりはない。

「……いいわ。由紀は私が守る」

「お前では守れない」

「――」

早百合は反論しようと口を開きかけたが、それより早く、月夜が腰を浮かせつつ続けた。

「だが、それもいい。手を組もう。闇蜘蛛は俺が倒す。お前は奈良由紀を守る。利害関係が一致してることに変わりはない」

「誰があなたなんかと」

早百合は月夜の言葉を撥《は》ねつけたが、早百合がどんなに感情を表に出そうとも、月夜の態度は最初から最後まで一貫して崩れることはなかった。ふ、と鼻で笑い、

「肝心要《かなめ》の天城葵遠はいないいんだろ?」

「……っ!」

返す言葉を見つけられなかった早百合を尻目に、月夜は部屋を出ていった。

早百合は拳を握り締め、怒りに震えていたが、ゆっくりと力を抜いていき、指を開いてじっとりと汗の滲んだ手のひらを見つめた。

魔物退治で葵遠を頼りにしていたことは確かだ。否定はしない。

だが、早百合にも力はある。助けたい、守りたい、そう思った人を背中に庇うくらいの力なら。手を差し伸べるくらいの力なら……。

由紀は魔眼の持ち主らしい。

狙っている魔物は魔眼喰いである闇蜘蛛。

忍である月夜は闇蜘蛛を滅殺《めっさつ》するために行動している。

月夜が闇蜘蛛を倒せば、月夜の任務と闇蜘蛛の野望はそれで終わる。由紀を守りたいと思う早百合には、それこそ関係がない話だ。くだらない争い事なら勝手にやればいい。

だけど、不本意にも巻き込まれたとしたら――

早百合は眠っている由紀へ、ゆっくりと身体の向きを戻した。

嘘を見抜くのは得意なのだ。早百合は静かに呼びかけた。

「由紀、起きてるんでしょ？」

奈良由紀の家を出た月夜は、ショーコに連絡を入れた。

携帯電話は月夜個人のものではなく、任務に当たる都度必要に応じて渡される支給品だ。

『はいはーい。なにか進展があった？』

電話越しにも明朗な声が届く。

「早百合に正体を明かした」

任務の経過報告を担当捜査員であるショーコに伝えるのは義務であるが、月夜がただ経過報告だけのために連絡を取るのは珍しいことだった。それでも報告内容が意外だったため、ショーコは思わず聞き返した。

『——え？』

「こちらが持ってる情報も与えた」

『——はい？』

「闇蜘蛛はまだ動いていない」

『——うん』

「以上だ」

『え——』

月夜が言いたいことだけ言って電話を切ろうとすると、ショーコが待ったをかけた。

『――ちょ、ちょっと待ちなさいよ！』

「言いたいことはわかってる」

普段と変わらぬ月夜の物言いに、ショーコは溜め息を吐いた。

『可愛くないわねぇ、ホント。だったら最初からわかるように説明してよね。こっちは本部に報告書を上げなくちゃならないんだから。なんでまた正体を明かしたりしたのよ？　必要だったとは思えないけど』

「早百合に俺の変装が見破られた」

『嘘』

「事実だ」

ショーコにも信じられない話だったらしく、次の言葉が出てくるまで少し間が空いた。

『……何者なの？　早百合って』

「白珠継承者だろ？」

『……伊達《だて》じゃないってことね』

「嘘を見破るのは得意だそうだ」

『なんだか嬉しそうね』

「そうかもしれない」

月夜のあまり崩れない表情の中に、少しだけ喜色の色が滲んだようにも見えた。

『ふーん。だから早百合に情報を提供したのか。それで向こうの反応は？』

「罵倒《ばとう》された」

再度、少し間が空いたあとに、重い溜め息が一つ。

『……それ以上言わなくていいわ。だいたいわかったから。……どちらにせよ、事態に進展はないわけね。早百合はともかくとして、あなたはしっかりやりなさいよね？』

「そのつもりだ」

『オッケ。——月夜』

ショーコの口調に、少しだけ親身な響きが加わった。

「なんだ？」

月夜が訊き返すと、

『わたしは心配なんてしてないからね』

「……………」

その言葉の響きはむしろ心配していると言いたげで、ショーコの気持ちは余すことなく伝わってきた。ショーコは月夜の過去を知っているのだ。

月夜は口元に笑みを浮かべた。ショーコがその表情を見たなら喜んだに違いない。

「あんず飴、わりと美味《うま》かった」

『ああっ、そうだ！　あとでちゃんと利子つけて返――』

月夜は携帯を切った。

由紀が目を覚ましていたことは、たぶん月夜も気付いていただろう。月夜は聞かれたからといってどうなる話でもないと思っていたのかもしれないが、早百合は違う。自分の身になにが起きているのか、自分の周りでなにが起きているのか、事情をまったく知らない由紀に聞かせるために気付かない振りをしていた。

早百合の呼びかけに由紀はゆっくりと目蓋を開いたが、早百合の顔を見ようとはしなかった。月夜と話した今なら、由紀が自分を怖がっている理由もわかる気がした。

早百合は央城の全員の秘密を握っていると噂されている。そして、〝死を告げる悪しき魔女〟という、由紀にとって呪いにも似た忌まわしき綽名を持ち出した。由紀は、早百合がすべてを知っていると思い込んでしまったのだろう。

魔女と呼ばれていたことにはおそらく魔眼が関係しているのだろうが、由紀がここまで怯えている理由はまだはっきりわからない。魔眼というからには目——邪視のことでもあるから視線こそが武器。由紀は一向に目を合わせようとしない。こちらの顔を見ようともしない。まるで、見たらそれだけで、相手を傷つけてしまうと思っているかのような態度は……？

早百合は、自分の思考と由紀の態度との間にずれがあることに気付いた。

由紀はなにも知らないと勝手に思い込んでいたが、実際は自分が魔眼の持ち主であることを、魔力を制御できていないことを知っているのかもしれない。

由紀は、誰とも親しく付き合っていなかった。人を避けていた理由が、そこにあったのだとしたら——。

——だったら、殺してください……

あの言葉は、助けを求める由紀の声に他ならない！

母親と友達を呪い殺した、魔眼を持つ自分を殺してほしい、と。

由紀が自分の能力を知っていたとなると、制御できない魔眼の力で本当に人を殺してしまった可能性が濃厚となる。だから罪の意識に苛まれ続け、すべてが明らかになることに怯えている。これで、筋は通る。

しかし、早百合はその推測を全否定する。

どのような魔眼であろうと、直接「視る」ことなしに効力を発揮することはできない。

由紀が魔眼の持ち主である限り、授業中に母親を交通事故に遭わせたり、自宅にいて友達を溺れさせることは不可能だ。由紀は殺していない。

となると、由紀は魔眼でなにを——

閃きが走った。早百合の頭の中でいくつもの情報が互いに溶け合い、完成図の知れないパズルを組み立てていく。

魔眼の武器は視線。視線の先には相手の顔。相手の目。見るということは、見られるということ。交わる視線。お互いの目にお互いの顔が映る。魔眼を持った目で視たからといって、相手の顔に特別なものが――もし映るとしたら？

――死を告げる悪しき魔女っていう綽名でしたよ。

――そのままなら、あなたは何年何月何日に死にます、ってことだろうけどな。

これまでに交わした会話が蘇り、早百合の思考を加速させる。

視えるのは相手の未来？　死の瞬間？　死ぬ時期？　ダメだ。どれも不確定過ぎる。そんなのが視えたところで――違う！　だから、だ。だからこそ〝死を告げる〟なんだ。だからこそ〝呪い殺した〟なんだ。不確定だからこそ――

由紀が殺したという証拠はない。だが同時に、由紀が殺していないという証拠もなかった。そして、由紀が殺したと、周りにそう思わせるような不可解な素振りが由紀にあったのだとしたら、〝呪い殺した〟なんて噂が立ったとしても不思議はない。だから、死を告げる悪しき魔女――

（由紀、あなたは……）

早百合はいたたまれず、由紀から視線を逸らした。

大切な人の死が迫っていることを知ってしまったら、きっと、事情を知らない他人の目には奇異に映るような行動を取るだろう。そう、おそらく由紀は止めようとした、、、……！

それでも母親と友達は事故死してしまった。防げなかったのは、由紀の目に映るのが確定した未来だからか、それとも事故の原因まではわからなかったからか——ただ、はっきりしたことがある。

由紀の魔眼は、おそらく相手の〝死〟を視るものだ。殺傷能力の有無はこの際関係ない。由紀はきっと人の死に関わることを極端に恐れている。近くで誰かが死ぬようなことがあれば、その死をもたらしたのは自分ではないかと怯えている。「お前が殺した」と言われ続けたために、本当に自分が殺したのではないかという強迫観念に囚われてしまった少女。

……助けようとしたのに……。

——**魔女！**

なんて、酷《むご》い。

早百合は唇を噛み締めた。誰でもいい。どうして由紀の気持ちを考えてあげることができなかったのか。優しすぎて、自分が傷つくことを選んだ少女を、どうして守ってあげようとしなかったのか。

早百合は視線を上げ、布団から出ている由紀のか細い肩を見つめた。こんな小さな肩で、どれだけ重い荷物を背負ってこれまで歩いてきたのか。

由紀の肩から横顔へと視線を移した早百合は、ついに、由紀の胸の奥に隠されていた秘密に触れた。

「由紀、あなたは、人の死が視えるの？」

由紀の身体がびくりと震えた。

「そうなのね？」

由紀は反対側を向いて身体を丸めた。部屋の隅で怯える仔猫のように。

早百合は構わずに続ける。

「だから、人と接するのが怖かった。友達の死がわかるなんてつらいから。その死がどうにもできないものだと知っていたから。そうなのよね？」

由紀は答えない。熱病に罹《かか》ったように身体が小刻みに震えている。

「そうなんでしょう？」

早百合の声から逃れるように、由紀は頭から布団を被った。

それでも早百合は問い詰めることをやめない。由紀の傷口を抉《えぐ》りながら、由紀の心を探る。

早百合は由紀の本心を知りたかった。素顔を見たかった。そのためなら、今の由紀を傷つけることも躊躇《ためら》わない。未来に進むには、今を打破するしかないのだから。

「答えて、由紀」

早百合の言葉には、最終宣告のような響きがあった。

由紀にも早百合の気迫が伝わった。答えなければ、早百合の口から次はどんな切り口を持った刃物が飛び出すか知れないと怯え、記憶を喚起されるのを恐れ、やがて布団の中から、涙混じりの声が零れた。

「だったら、なんだって言うんですか？　もう、放っておいてください……私なんかに、構わないで……」

由紀は布団の中ですすり泣いていた。

早百合の言うことなんて聞きたくなかった。だってそれはすべて事実だから。否定したくてもできない、どうしようもない現実だから。そんなわかりきっていることを、どうして目の前に突きつけようとするのか。決して逃げられないことはわかっているのに。

「昔ね、他人を信じられないで、いつも独りぼっちだった子がいたの」

「…………」

「その子は人を傷つけてばかりいた。その子のことを想って話しかけてきてくれた友達も、たくさんいたのに、頑なに拒んでばかりいた」

「…………」

昔話を始めた早百合の声に先ほどまでの厳しさはなく、幼子に子守唄を聞かせる母親のような優しさが溢れていた。由紀は知らずしらずのうちに聞き耳を立てていた。

「だから、ずっと独りだった。ずっと独りで泣いてた。周りの人には弱さを見せずにいたけど、本当はすぐに折れてしまいそうなほど弱かった」

「…………」

「でも、その子に、ある時、思いがけないことから友達ができた。それからは、その子にも友達ができるようになった。仲のいい友達と巡り合うことができた」

話に耳を傾けていた由紀はわずかばかり、ほっとした。自分のことを言い当てられていたのかと思ったが、違った。仲のいい友達は、永遠に失ってしまったのだから。

「……私には、関係ありません……」

「聞いて、由紀。生きていればつらいことだってある。楽しいことばかりが人生じゃない。生きるっていうのは、それを乗り越えていくことよ。人はそれを乗り越えて成長する。強くなっていく。逃げてばかりじゃダメなのよ」

「…………」

そんなこと、言われるまでもなくよくわかっている。どんなことでも、目を背《そむ》けずに向かい合わなくちゃならないのもちゃんとわかっている。でも、生きていれば、逃げ出したくなることだってあるのだ。自分が乗り越えるにはあまりにも壁が大き過ぎる。一緒に乗り越えてくれる人も、もういない。

由紀の目尻から涙が溢れ出した。最近はずっとこうだ。独りだと思うとすぐに涙が出てしまう。

「……私は、もう嫌なんです。もうなにもみたくない。私は……早百合先輩みたいに強くはなれません。……魔女なんですよ、私は。……桃子ちゃんも、お母さんも、お祖父《じい》ちゃんも、お祖母《ばあ》ちゃんも……」

そうだ。みんなみんな、大好きだった人たちはみんな、

「──みんな私が殺したんですよ！」

由紀は張り裂けそうな胸のうちを叫びに変えた。

その瞬間、優しかった早百合の口調が一変した。

「由紀っ！」

由紀の身体が反射的にびくりと竦んだ。直後、布団が勢いよく剥がされた。抵抗する間もなく、早百合との間を隔てていた物理的な壁は剥ぎ取られてしまった。

早百合の言葉が直接、耳朶《じだ》を打つ。

「冗談でもそんなこと言うんじゃない！　あなたが殺したわけじゃないでしょ？　あなた

は助けようとしたんでしょ？　お母さんのことも大場桃子のことも、本当に大好きだったんでしょ？」

「――っ」

だからなんでそんなわかっていることばかり！

「なんでも知ってるようなこと言わないでください！」

由紀は激昂した。今度こそ本気で癇《かん》に障《さわ》った。

「綺麗事並べたって、早百合先輩だってあの月夜って人と同じなんでしょ？　守ってあげたいとか言っても、本当は私の秘密を知りたいだけじゃないですか！　楽しいですか？　私が泣いているのを見て、お腹が捩《よじ》れちゃいそうなくらい面白いですか？　人の傷口に塩を塗るようなことばかりやってる人に、偉そうなこと言われたくない！　早百合先輩はなにがしたいんですか？　警察に突き出すんですか？　あははっ。そうですよ、私は殺人犯ですよ！　さすがは早百合先――」

由紀の口から怒涛《どとう》の勢いで流れ出していた言葉が、室内に響いた乾いた高い音によって、突然遮られた。

壁時計の秒針の音が大きく聞こえるほどの静寂に満たされた部屋の中で、叩いたほうも叩かれたほうも、同様につらそうな表情をしていた。

「いい加減にして……！」

早百合の咽喉の奥から絞り出したような声を合図に、由紀の目から涙がまた溢れ始めた。

「我が侭な子供じゃないんだから、聞き分けることくらいできるでしょ……」

反対側を向いている由紀は、身体の上になっている左手を早百合に掴まれていた。

「私の目を見なさい」

逸らしたままの由紀の目が大きく見開かれた。目を見ろと、ついに早百合は、由紀の逃げ道を強引に塞ぎにかかった。由紀は両目をぎゅっと瞑《つぶ》って激しく抵抗した。昨日の屋上での抵抗が無抵抗だったと思えるほど、それは激しかった。

「離して！」

掴まれている手を振り乱し、空いている手で枕や手に届く範囲にあった文庫本や漫画本などを掴んで投げつける。

「やだやだやだやだ！」涙混じりの大声を張り上げながら、「離してよぉ！　嫌なの！

もうぜんぶ嫌っ！　帰れ！　早く出てけ！」由紀は早百合を殴り、蹴った。

「もうなにもみたくない！　私なんか放っておいてよ！　私は魔女なんだから！　ずっと独りでいいんだから！」

それでも、早百合は手を離さなかった。頬を殴られ、腕を引っかかれ、文庫本をぶつけられ、足や腹を蹴られても、決して手を離さなかった。

「やだあ！　やめてよぉ！　来るな来るな来るな来るなぁ！」

由紀はなおも暴れたが、覆い被さってきた早百合に両腕を掴まれると、半ば起き上がっていた身体が力任せに布団に押しつけられた。

由紀の口から、悲痛な叫び声が上がった。

「わたし、私はっ……」

ひうっ、と息を呑み、

「――もう誰にも死んでほしくないんですっ……」

嗚咽を漏らす由紀の身体から、脱力したように抵抗がなくなった。

部屋には本が散らばり、棚に飾ってあった置物や壁にかかっていたカレンダーが畳の上に落ちていた。早百合の制服はところどころ破け、腕には血が出ているところもあるし、頬には腫《は》れて痣《あざ》になりそうなところもある。髪も乱れて見るも無残だ。

それでも、由紀を押さえ込んだまま、早百合は微笑んだ。

「やっと聞けた……」

由紀が最後に口にした、決して投げ遣《や》りでない言葉。

「確かに聞いたよ、由紀の本心」

由紀が本当に恐れていたのは、自分に関わったために、誰かが傷ついてしまうことだった。人一人失った悲しみは、大勢の人を呑み込んでしまう。由紀はそのことを、誰よりもよく知っていたから。

本当はどうしようもできなかったことだとわかっているのに、自分が殺したと、自分は魔女だと言い張り、自分が傷つくのならいいと、小さな背中に責任を背負い込もうとしていた。

由紀は独りになってからもずっと優しい少女のままで、ただただ自分のせいで人が傷つくことを恐れていた。

早百合は、由紀の頬に右手でそっと触れた。

「由紀、私の目を見なさい」

早百合の声は、日溜まりのように温かく柔らかく響いた。闇を照らす一条の光のような導きに従い、由紀は恐る恐るゆっくりと目蓋を開いた。涙の膜に覆われた由紀の目と、優しい光を湛《たた》えた早百合の目が合う。

「――あ……」

由紀は目を瞠った。なにが起きているのかわからず、早百合の顔を幻覚かなにかのようにまじまじと見つめる。

由紀の戸惑いを感じ取った早百合は、掴んでいた由紀の右手を自分の頬に当て、優しく微笑んだ。

「大丈夫。心配しないで。私は死なない」

魔力を伴う力を完全に無効化できる〝白珠継承者〟である早百合に、魔眼の能力なんて最初から通用しない。

「私に対してだけは、由紀が自分の力を怖がることなんてない」

早百合は由紀の上から畳の上へと身体を移し、由紀もまたゆっくりと布団の上に上半身を起こした。お互いに繋いだ手は離さず、目も逸らさない。

「由紀は、ずっと独りで、戦ってきたんだよね？　怖かったよね。寂しかったよね。つらかったよね」

早百合は優しく微笑んで、繋いでいた手に力を込めた。

「あ……」

由紀の瞳が揺れ動き、口から途切れるような吐息が漏れた。

「でも、もう大丈夫だから。私が由紀を、独りになんかさせないから」

早百合は誓う。この少女を守ると。

「だから、安心して」

「――うぁ……」

由紀の目から、溜まっていた涙が溢れ出した。

堅く閉ざされていた殻に罅《ひび》が入り、うず高く積もっていた心の澱《おり》の壁が、崩れた。

「早百合先輩っ……う、うっ、あああああああっ」

由紀は早百合に抱きついて、子供のように泣きじゃくった。

早百合は由紀の背中を優しく撫でながら、本当に救われたのはどちらだろうという思いを胸に秘めて、もう一度耳元で囁いた。

「もう、大丈夫だから」

＊　＊　＊

最初は祖母だった。

由紀が小学校に入学した年の春に、肺がんで入院していた父方の祖母が亡くなった。両親と一緒に病院にお見舞いに行った由紀は、祖母の顔に浮かんだ数字に気付いた。顔の前に浮いているようにも視えたし、顔を透かして向こう側に視えるような気もした。祖母の顔に浮かんでいた数字はアラビア数字の5。少し気にはなったが、ちょっと目を逸らしただけで視えなくなったので、見間違いかと思い、それっきりになっていた。

由紀が数字を見た日から四日後に、祖母は亡くなった。

父方の祖母が亡くなってから半年後に、今度は一緒に暮らしていた母方の祖父が老衰で亡くなった。両親が共働きだったため、家での由紀のお喋り相手はいつも祖父母だった。祖父と二人で話していた時に、由紀は祖父の顔に数字の17が浮かんでいることに気付いた。見間違いなどではなく、祖父の数字は一日経つごとに減っていった。最初は17だったのが、次の日には16、次の日には15、と。でもやっぱり少し目を逸らすと視えなくなってしまう。意味もわからないまま、数字が10になった時、由紀は祖父にそのことを話した。由紀にとってはただのお喋りに過ぎなかった。祖父は「そのことは誰にも言っちゃいけない。二人だけの秘密だ」と由紀に笑いかけた。もしかしたら祖父は自分の死期を悟り、由紀の不思議な数字の意味することを理解していたのかもしれない。

祖父は数字が1になった日に亡くなった。学校に行く時は生きていたのに、学校から帰ったら冷たくなっていた。畳の上で亡くなっている祖父を見つけたのは由紀だった。

由紀は祖父との約束を守り、数字のことは誰にも言わなかった。

そして、祖父の死後一年も経つ頃には自然と忘れていった。

否が応でも思い出すことになったのは、小学四年の春のことだ。満開になった桜があっという間に散り去ってしまった頃、母親の顔に祖父の時と同じ数字が浮かんだ。数字は29。

――この数字が1になったらお母さんが死んじゃうかもしれない。

由紀は怖くなった。目を逸らせばすぐに消えてしまう。視えなければ怖くない。だけど、視ないわけにはいかなかった。母親がいなくなってしまうかもしれないのに、知らない振りはできなかった。

由紀はなんとか母親にわかってもらおうと説明した。数字が一日に一つずつ減っていって、1になったらお祖父ちゃんが死んでしまったことも伝えた。しかし母親は取り合わなかった。跳ねつけられたわけではない。優しく諭されたのだ。

「お母さんはいなくならないから大丈夫。こんなに可愛い由紀を遺《のこ》していけないでしょう。由紀が大好きになった人と結婚するまで、お母さんは由紀のそばにいるって決めてるんだから」

信じてもらえなかったのは悔しかったが、頭を撫でてくれる母親の手の温もりに、由紀は「きっとお母さんは大丈夫だ」と思った。

――こんな優しいお母さんがいなくなっちゃうわけない。いい人は長生きする。神様、どうかお母さんを助けてください。

母親の優しさに甘えることがとても心地よくて、それ以来、由紀は自分を不安にさせる数字をできるだけ視ないようにしていた。

しかし、現実は無慈悲にも由紀の願いを断った。母親の顔に浮かんでいた数字が1になったらしき日。母親は交通事故で亡くなった。飲酒運転していたトラックと正面衝突し、即死だった。由紀は数字を視ないようにしていたため、その日の数字が1だったかどうかははっきりしない。

由紀は幼いながらに理解した。数字が現れるのはもうすぐ死んでしまう人で、数字が1になった日にその人は死ぬ。死なない人の顔には数字が浮かんでいない。相手と目を合わせればそれが視えて、目を逸らすと視えなくなる。だけど、相手が誰でも視えるわけではないこともわかった。由紀は街行くいろんな人の顔を視てみたが、誰の顔にも数字が浮かんでいなかった。たぶん知っている人じゃないとダメなのだ。もしかしたら仲良くないとダメかもしれない。由紀はそう結論付けた。

母親の死後、仲のいい友達と別れさせるのは可哀想だと、由紀は父親のいる北海道には行かずに祖母と二人で暮らすことになった。仕事の忙しい父親とはなかなか会えなかったが、祖母の愛情に支えられ、由紀は元気に毎日を過ごすことができていた。

母親の死から一年が経った、小学五年の夏。由紀にとって一生忘れられない夏となった。

八月十七日。由紀と一番の仲良しだった大場桃子が、家族で海水浴に出掛けて溺死《できし》した。波に攫われたらしく、ほんの少し家族の目が離れた際の不幸だった。

そして由紀は、その日に大場桃子が死んでしまうことを、知っていた。

桃子の顔に数字が浮かんでいることに気付いた時、すでに数字は2だった。

由紀と桃子は些細なことでケンカをしていた。夏休み中のことで会う機会があまりなく、意地や照れもあってなかなか仲直りできずにいたが、本当は早く仲直りがしたかった。そんな中、由紀は父親のお盆休みに合わせて北海道に遊びに行き、八月十六日に桃子へのお土産を抱えて戻ってきた。

桃子へのお土産は選びに選び抜いて、仲直りの言葉も考えに考え抜いたものを用意した。

話したいことがいっぱいあり、桃子とお喋りがしたくてうずうずしていた。

由紀は桃子や他の仲のいい友達を学校に呼んだ。北海道のお土産を配ってお喋りして遊ぼうと思ったのだが、そこで、由紀は桃子の顔に浮かんだ数字に気付いた。

お土産を渡して謝るどころではなくなった。

桃子の顔に浮かんだ数字は2。つまり、桃子は明日、死んでしまうということを意味していた。なんとかしないと……。由紀は焦る自分を抑えるので精いっぱいだった。

「桃子ちゃんは明日なにしてるの？」

やっとの思いで口から出たのは、何度も練習した仲直りの言葉ではなかった。

「明日は家族で海に行くけど」

由紀は必死で考えた。桃子は明日海に行く。行かせちゃダメ。いなくならないから大丈夫と言っていた母親は、交通事故で亡くなった。出掛けたら桃子も交通事故に遭うかもしれない。海にだって危険はいっぱいある。絶対にダメだ。

「それはやめて、一緒に遊んでよう？」

「——え？」

目を丸くした桃子に、由紀はなんとかわかってもらおうと言い募った。

「海はまたあとで行けばいいし、明日はどこにも出掛けないで家の中で私と一緒に遊んでよう？　お土産も買ってきたし、いっぱい面白い話もあるから」

「なんで、由紀はいっぱい遊んできたのに、私は遊びに行っちゃいけないの？」

桃子は家族で行く海水浴を楽しみにしていたが、その時の由紀には、桃子を事故から守ることしか頭になかった。明日は日が悪いからよくないことが起きるかもしれないと出鱈《でたら》目《め》を並べた。最後に「死んじゃうかもしれないし」と掠れる声で付け足すと、

「なにそれ。むかつく。そんなこと言うために呼んだの？　もういいよ。じゃあね」

桃子は怒って帰ってしまった。他の友達が「どうしたの？」と問いかけてきたが、そのままにできなかった由紀は「もう一回話してくる」と桃子の家へと向かった。

だが結局、最後まで桃子には話を聞き入れてもらえなかった。

桃子の死後、由紀は桃子が死ぬことを知っていたという噂が流れた。さらに、母親が死ぬ前にも「お母さんが死んじゃうかもしれない」と漏らしていたことを友達が覚えていた。

その噂は由紀の耳にも届いたし、それが決してただの噂などではないことを由紀自身が

わかっていた。だから由紀も反論しなかった。桃子が本当にいなくなってしまったため、反論する気力も起きなかった。

イジメが始まった。

靴を隠されたり、教科書やノートに落書きされたり、意地悪な言葉で囃《はや》し立てられたりした。

「由紀、お前が桃子を呪い殺したんだって？」

それは違うと否定しようとしたが、

「じゃあなんで桃子が死ぬって知ってたんだよ？」

そう言われると返す言葉が見つからなかった。わかるとか視えるなんて言っても、誰も信用してくれない。由紀のことを一番理解してくれていた母親が、信じてくれなかったのだから。

――魔女。

――魔女だ。おい、あそこに魔女がいるぜ。

――近寄るなよ、人殺し。見ると呪われるぜ。

――お前が殺したんだろ、魔女。

学校に行くと何度も魔女と呼ばれ、由紀の周囲は黒い囁きに満ちていた。

担任の先生はイジメに気付いていたようだが、大袈裟《おおげさ》に騒ぐとかえって状況が悪くなると思ったのか、なにも対処せずに見て見ぬ振りをしていた。由紀が黙っていたため、祖母もイジメの存在には気付かずにいた。

学年が上がり小学六年になっても、魔女の呼び名は消えなかった。

中学生になって学区が広がり、他の小学校の生徒と一緒になると、また噂が大きくなり始めた。誰もが、魔女と呼ばれている由紀の事情を知りたがった。

噂が噂を呼んだ。

母親と友達を殺した女。

死を告げる悪しき魔女。

由紀は必死で平静を取り繕《つくろ》っていた。感情を表に出してはいけない。これは罰《ばつ》だ。助けたかったのに。死んでほしくなかったのに。いなくなってしまうとわかっていたのに。

助けられなかった。守れなかった。それが罪だ。

あまりにも重過ぎる罪と罰が、由紀を責め苛《さいな》んだ。

中学一年の夏に、由紀は静岡から群馬へと引っ越した。孫が中学校でイジメを受けていると知った祖母が、引っ越すことを勧めたのだ。

魔女という綽名はなくなったが、由紀の心に刻まれた、刻みつけられた、とても深い傷痕は決して消えることはなかった。

暮らす環境が変わっても、由紀は人と接するのが怖かった。祖母と二人暮らしだからという理由で部活には入らなかった。そうすれば周囲と接触する機会を持たずに済む。誰かと親しくなるのが怖かった。親しくなったら、その人の命の残日数が視えてしまう。その人が死んだら、また自分の仕業だと思われるかもしれない。

呪い殺したのだ、と。

――いや、もしかしたら、気付かないうちに、本当に呪っているのかもしれない。自分ではない、もう一人の自分が。

由紀はなるべく周囲との関わり合いを避けて毎日を過ごしていた。なにも見ないで、なにも気にしないで――そしてその実、すべてを見て、すべてを気にして。

由紀のそんな態度は、第三者には魅力的に映っていた。いつからか「クールビューティ」と囁かれていた由紀に、避けてもかわしても子犬のように懐《なつ》いてくる後輩ができた。裏表なく慕ってくれる後輩に、次第に心を開き始めていた矢先——中学三年の秋のこと。目が合った瞬間、後輩の顔に五桁の数字が浮かんで視えた。何十年も先の寿命が視えたのだと、その時の由紀にはすぐに理解できた。

実はその頃、由紀が通う中学校の近くに強大な魔力を秘めた魔物が潜んでいた。その魔力に中《あ》てられ、魔眼が一時的に活性化されてしまったがための不幸だった。

ずっと先の寿命が視えてしまったせいで、由紀は懐いていた後輩を遠ざけるように仕向け、より一層、他人との接触を避けるようになった。

今年の春、由紀は前橋央城高校に入学した。無口で誰にも媚《こ》びない協調性に欠ける存在だが、凛とした中に、女の子らしい優しさが見え隠れする由紀に魅力を感じている生徒もいた。

そして、話は現在に至る。

由紀は九月になってから、どこか奇妙な体調不良を感じていた。

始業式の日に、祖母の顔に数字が浮かんで視えた。翌日には、ふと目が合ったクラスメイトの顔にまで数字が浮かんで視えた。一年前の後輩の時と同じく五桁の数字。

由紀は震えた。怖くなったが、確かめずにいられなかった。そして昨日にあっては、目が合ったすべての人の顔に、数字が浮かんで視えることに気付いた。すべてばらばらの数字。五桁の人もいれば四桁の人もいた。

九月五日。今朝はいつもよりずっと体調が優れなかった。それでも休もうとはせずに学校へ行く支度を整えた。だが家を出てすぐ、目眩に襲われてくらっとした瞬間に意識が途絶えた。

自分の体調不良は闇蜘蛛という魔物のせいだと、さっき知った。

＊　＊　＊

布団に横になった由紀と手を繋いだまま、早百合は由紀の話に聞き入っていた。

早百合は、由紀の心の傷の深さを改めて知った。央城には由紀の過去を知る者はいない。

過去のことが露見したら、また「母親と友達を呪い殺した魔女」という、傷口をナイフで抉るような心ない噂が復活するだろう。早百合がすべてを知っていると思い込んだ由紀は、自分の過去が知れ渡ってしまうことにも怯えていたのかもしれない。

早百合の胸中では、昨日、由紀が屋上で言い放った言葉が今も渦を巻いていた。

「由紀、一つ訊いていい？」

由紀は早百合の顔を見上げると、掠れそうな小さな声で「はい」と頷いた。

早百合は一拍置いてから、

「屋上で私に言ったわよね？　殺せばいいって。あれ」

由紀は反射的に顔を背けた。

「す、すみません。あれは、混乱しちゃってて、べつに早百合先輩に――」

「待って。そうじゃない」

早口に抗弁しようとする由紀を、早百合はやんわりと止めた。

「私に対して言ったからどうとかじゃなくて、由紀、もしかしてあなた、死にたいなんて思ってるんじゃないでしょうね？」

「……………」

無言の時間が流れた。ようやく口を開いた由紀は、また静かに涙を流していた。こめかみを伝い落ちた涙が枕を濡らす。

「……だって、思ったんです。もしかしたら、本当に私が……私のせいで、お母さんも、桃子ちゃんも……。だって、私は、なんとかしようとしたのに……。私が殺したって、みんなに言われて……なにもできなくて……責められて……だったら……殺してくれたら、私も、桃子ちゃんのところにいけるのに……」

一言一言、涙の雫《しずく》と共に零れ落ちる悲しみに包まれた言葉。

由紀が負った心の傷は、あまりにも深かった。

「……自殺しようかとも、思いました……でも、どうしても、怖くって……。私は、弱くて……臆病で……情けなくて……どうしようもないんです……私なんて……」

「……………」

話し疲れたのか泣き疲れたのか、それとも張り詰めていた気が緩んだのか、由紀はそのまま寝入ってしまった。

早百合は由紀の涙を拭うと、眠っても離さずにいる由紀の手をゆっくりと離し、枕元に書き置きを残して由紀の家を出た。


「話は終わったか？」

玄関を出ると、玄関脇に月夜が立っていた。

「あなたがいなかったおかげでスムーズにね」

「そいつはよかった」

早百合の言葉を軽く受け流しながら、月夜は手のひらに収まるくらいの丸く平べったいケースを差し出してきた。

「なに？」

「俺たちが重宝している傷薬だ。傷口に塗っておけ。市販の薬よりずっと治りが早い。お前の傷を見るたびに奈良由紀が悲しむのは嫌だろ？」

「…………」

話した時の印象は最悪だったが、気遣いはあるらしい。

「……一応、試してみる」

早百合は傷薬を受け取りながら、月夜の整った顔をちらりと窺った。忍だから、と割り切るなら月夜の発言には一貫性があるし、理解できなくはない。納得できるかどうかはまた別問題で、冷静になってみれば、月夜と対立して事を構える理由などなかった。

「手を組もうって言ったわよね？」

「断られたけどな」

「組んでもいいわ」

「どういう心変わりだ？」

「話す必要はないわ。由紀のことをお願いね。どうせ全部聞いてたんでしょ。なにかあったら連絡して」

早百合は趣味で作った名刺を差し出す。

「これが私の携帯番号――あなたって、携帯電話持ってる？」

「ああ」

「っそ。一時間くらいで戻ってくるつもりだけど、その間よろしく」

「わかった」

月夜が頷くのを見届けてから、早百合は由紀の家をあとにした。

「ところで」

その声は、歩き出した早百合の背中越しに放たれた。

「奈良由紀の〝死期の魔眼〟。これほどの魔力を秘めている魔眼が、ただ死ぬまでの期日が視えるだけだと思っ――」

月夜の言葉はそこで中途半端に止まった。

振り返った早百合が、凄まじいまでの殺気が込められた視線を向けたからだ。早百合の眼光は月夜をしてわずかに怯ませた。

「それ以上口にしたら、ただじゃおかない」

葵遠でも見たことがないほど冷たい視線に、冷気で形作られた言葉が添えられた。

「……言うつもりはないさ」

月夜は表情を崩さないまま、少しだけニュアンスの違った返答をした。

由紀に話したら殺す。月夜にはそう聞こえたのかもしれない。

早百合は再び背を向けて歩き始めた。

三

翌日、早百合と由紀は二人揃って登校した。

昨日は二人とも学校を休み、早百合は由紀の家に泊まった。由紀の体調は昨日よりは少し楽になったようだが、顔色が優れないのは誰の目にも明らかで、早百合は今以上気分が悪くなるようだったら必ず連絡するように言い含めて、由紀とわかれた。

三時間目が終わった時だ。廊下から早百合を呼ぶ声がした。

「早百合」

見覚えのない男子生徒が早百合を手招きしていた。早百合は席を立って廊下に出る。

「なにやってるの？　月夜」

「……こうも簡単に見破られると自信を失《な》くすな」

開襟シャツ姿の月夜は、自分の格好を眺めながら呟いた。顔を変え、確かに早百合の知らない人物になってはいるが、早百合は呆れたように溜め息を吐く。

「あのね、今の私たちの状況下からしてみれば、わからないほうがどうかしてる。それで、どうしたの？」

「訪問客だ」

「私に？」

「奈良由紀にだ」

早百合は軽く目を瞠った。このタイミングで由紀を訪ねてきた人というのは、決して見過ごせない。

「――誰？」

「大場玖里《くり》子」

大場玖里子。もちろん知っている。由紀の親友だった大場桃子の姉の名前だ。玖里子は大学一年だから、今はまだ夏休み中かもしれない。

月夜が玖里子を見かけたのは由紀の家の近く。月夜は、早百合と由紀が央城に着いたのを確認してから、由紀の家の周辺を探っていた。玖里子は紙片を片手に、一軒一軒家を覗き込むようにしながら歩道を歩いており、すぐに誰であるかを見抜いた月夜は、迷った末に声をかけたという。

早百合は玖里子に会ってみることにした。

校門の横で待っていた玖里子は、早百合を見ると軽く会釈した。早百合も小さくお辞儀を返す。早百合にも大場玖里子本人だとすぐにわかった。月夜を護衛のため央城に残し、早百合は玖里子を連れて場所を近くの喫茶店へと移した。

玖里子は、どうして由紀に会う前に見知らぬ少女と喫茶店に入らなければならないのかと不思議に思っているらしく、どこかそわそわと緊張気味なのが見て取れた。

「私は早百合といいます。由紀の友達です」

「私は大場玖里子です。由紀とは妹が友達で――」

「知ってます」

早百合は玖里子の話を遮った。初対面とはいえ、すでに知っていることを説明されても無意味だし、時間の無駄だ。

「玖里子さんと由紀の関係は聞いています。もちろん、桃子ちゃんのことも」

早百合が由紀から話を聞いていたことに、桃子が亡くなってからの由紀を知っている玖里子は目を丸くして驚いていた。

「今日は、というよりも、今になってどうして由紀に会いに来たんですか？」

早百合は単刀直入に訊いた。早百合にとって、玖里子の登場は予想外だった。

玖里子は早百合の目を見つめ返していたが、やがて視線をテーブル上に落とした。

「手紙を、渡しに来たの」

「手紙？」

早百合は鸚鵡《おうむ》返しに訊き返した。

玖里子は頷き、由紀に会いに行こうと思い立った経緯を話し始めた。

＊　＊　＊

今年の桃子の命日、玖里子は家族とは別に一人でお墓参りに訪れた。

そこで玖里子は、桃子のお墓の前で涙を流しながら何度も「ごめんね」と繰り返し謝り続ける由紀の姿を目にした。花立てから溢れる花は、家族が持ってきた花に由紀が持ってきた花を合わせたのだろう。供えられたカステラは桃子の大好物だ。

玖里子は線香を持ってきただけだった。なにより、桃子の墓を前にしても、すでに玖里子は泣くことがなかった。失った悲しみはあるが、怒りも喜びも悲しみも等しく時間の経過と共に風化してしまう。

なのに、姉妹だった玖里子でさえそうなのに、由紀は未だに桃子のために涙を流していた。

玖里子は、由紀が桃子を呪い殺したという噂を知っていた。魔女と呼ばれ、イジメにあっていたことを知っていた。そもそもの原因が、由紀が桃子の海水浴行きをどうにかして止めようとしていたことにあると、全部知っていた。

家族で海水浴に行くことになっていた前日、玄関で言い合う二人のやりとりを、玖里子は居間で聞いていた。ちらっと玄関の様子を窺うと、必死な表情をした由紀の顔が見えた。

そのうちに桃子が追い返すように由紀を玄関から締め出し、由紀は玄関の扉越しに何度も桃子のことを呼んでいたが、やがて諦めたのかしゅんと項垂《うなだ》れて帰っていく小さな背中が窓越しに見えた。

桃子に事情を訊ねると、桃子はなんともいえない表情で首を横に振った。

「わかんない。……由紀、わけわかんないことばっかり言うんだもん。嫌な夢見たとか、占いで最悪な結果が出たとか、そんなことくらいで、危ないから海に行くなって……」

「ねえ、桃子。由紀は、そんなことくらいで桃子のことを本気で心配してくれた。その気持ちがわからない?」

「――あ」

はっとしてバツの悪そうな顔をした桃子に、玖里子は仲直りの手紙を書くことを勧めた。由紀がなにをそんなに心配していたのかはわからなかったが、由紀があれほど気にかけているなら、代わりに自分が桃子のことをしっかり見ていようと思った。けれど、ほんの少し目を離した隙に、桃子は波に攫われて溺れ死んでしまった。

由紀のせいではないとわかっていたが、桃子が死んでしまったことが悲しくて、つらくて、由紀がイジメられていると知った時も関わる気になれなかった。

桃子が死んでから、由紀とは一度も顔を合わせていない。そして五年が経ち、由紀だけが、今でも桃子の死に泣いているのを知った。

＊　＊　＊

「桃子のお墓から帰りながら、私は五年振りに泣いた。……それで、ついこの前ふと思い出したの。桃子が由紀と仲直りするために書いた手紙があったこと。手紙はすぐ見つかったけど、由紀に会う決心がなかなかつかなかった……」

「今日になって、決心がついたわけですか？」

「……桃子が夢に出てきて、頼まれたから。由紀に謝っておいて、って。私の願望がそんな夢になっただけかもしれない。でも、桃子の気持ちをわかってて、代わりに由紀に謝ることができるの、私だけだから」

「そうですか」

早百合は神妙に頷いた。妹の死に打ちひしがれていた当時の玖里子を、当時を振り返って目の前で泣きそうな表情をしている玖里子を、責めることはできなかった。

「手紙、今持ってますか？」

「うん」

玖里子はバッグの中から可愛らしい封筒を取り出した。

「読んでもいいですか？」

「由紀の友達なら……」

早百合は受け取った封筒を開き、中から一枚の便箋を取り出した。桃子が由紀に宛てた最後の手紙に目を通した早百合は、玖里子の目をしっかりと見つめて言った。

「玖里子さん、一つお願いがあります」

玖里子とわかれた早百合は央城に戻り、校門前に立っていた月夜に訊いた。

「闇蜘蛛が襲ってくるの、いつくらいになりそう？」

「そうだな。奈良由紀の魔力の増加率が小さくなってきてるのに気付いているか？」

「そうなの？」

早百合にそんな細かいことはわからない。

「そんなことだろうと思ったが」

月夜は肩を竦めてみせる。だったらいちいち訊くなと思う。

「魔力が安定してきていることから見ても明後日、いや、明日の夜には奈良由紀の魔力も満ちるだろう。腹も空かしているだろうし、おそらく闇蜘蛛が動くのは明日の夜だ」

「なら、まだ時間はあるわね」

早百合は指を顎に当てて頷く。

「ちょっと早めにしておきたいことがあるから、由紀の護衛頼むわね」

「なにをする気だ？」

「機密事項だから答えられない」

「……お前、俺と手を組んでるつもりないだろ？」

不服そうな月夜の言葉を、早百合は無視した。

由紀に、自分は出掛けなければならないこと、月夜が張りついているから心配はいらないことを伝え、心細くなったら電話するように言い置いた早百合が向かったのは、北海道だった。

四章　本当の想い

一

前橋市関根町にある群馬県総合スポーツセンターは、約二十二万㎡の敷地面積を持つ設備の充実した総合スポーツ施設だ。アリーナや武道館、テニスコート、屋内スケートリンクなどが併設され、スポーツ大会だけでなく、大型のイベント会場としても活用されている。利根川に隣接し、東に赤城山、西に榛名《はるな》山と、上毛三山の二山を間近に眺めることができる。田口町の隣町に当たり、由紀の家からもほど近い。

九月七日土曜日、午後九時。夜空には月が煌々《こうこう》と輝き、風も穏やかで静かな夜だった。半分に割れた月が照らし出す、円形をしたグラウンドの芝生《しばふ》の上に、二人の少女が現れた。月だけが光源の薄闇の中、灯りも持たずにグラウンドの中央へと歩み出ていく。一人は前橋央城高校の制服を着た早百合。隣にいるのは、グレーのTシャツを着て黒いジャージを穿いている奈良由紀だ。

早百合が由紀を連れ出したのは、闇蜘蛛を誘き出すためだ。

由紀の魔力量が落ち着いたことから、奈良由紀という器に魔力が満ちたと判断してよかった。ならば、由紀自らが夜中に人気のない場所を訪れれば、自《おの》ずと闇蜘蛛も姿を現すことになる。闇蜘蛛は用心深く、由紀の近くに潜んでからここ一週間ほど、人間やペットや家畜などの動物を襲ったりしていない。それ以前に、足取りを極力残さないよう明神ヶ岳から移動してきた間、なにも口にしていないのではないかと推察される。間違いなく腹も空かせているだろう。

スポーツセンターに人気《ひとけ》はない。裏から手を回し、今夜は完全に封鎖されている。

月夜は気配を殺し、離れた場所から早百合と由紀の動向を窺っていた。

由紀を餌に早百合が闇蜘蛛を誘い出し、待ち伏せていた月夜が倒す。

早百合が〝白珠継承者〟であることは、能力を発動させない限り気付かれない。また、由紀を喰らおうとしている闇蜘蛛が、もう一人の一般人の目を気にすることはない。もろともに喰ってしまえばいいだけだからだ。しかし、白珠継承者である早百合が隣にいる限り、闇蜘蛛の魔手が由紀に届くこともない。

早百合たちがスポーツセンターに辿り着く直前に、数匹の魔物が由紀の家の付近から離れるように動き出したのを月夜は感知した。自分を狙っている何者かがいると想定した闇蜘蛛が、陽動のために小蜘蛛を放ったのだろう。闇蜘蛛の分身たる小蜘蛛は決して侮れないが、月夜は小蜘蛛を倒すためには動かなかった。ただの陽動なら放っておいても問題ないと判断したためだが、月夜がそのことを早百合に伝えると、「ちょうど帰ってきたから任せるわよ」と、どうやら持ち駒に不足はないらしいことがわかった。

おそらく月夜の存在は闇蜘蛛に気付かれていない。闇蜘蛛もまさかあとを追われたとは思ってもみないだろうし、隠れ方の見事さからして、由紀を狙っていることは誰にも気付かれていないと思っているはずだ。

つけ入る隙は、闇蜘蛛が現れた直後に必ず生じる。その勝機を逃す月夜ではない。

早百合と由紀がグラウンドの中央付近で立ち止まった——直後、二人の背後に闇より暗い巨大な影が現れた。

――闇蜘蛛！

月夜の記憶の中にある闇蜘蛛の姿と、今視線の先に現れた魔物の姿とが、はっきりと重なり合った。

異様な姿形は、例えるなら立ち上がった蛸《たこ》の姿に近い。丸い頭部と、触手が何十本も絡まりあっているような脚部から成り、頭部が一メートル、脚部が二メートルの計三メートルほどの高さを持つ巨大な魔物。頭部も脚部も黒い毛で覆われている。目を引くのが、頭部にある五つの黄色い目だ。黒目の部分が黄色い五つの目は、頭部の中央に花弁のように均等に散らばっている。鼻も口も耳もない。あるのは五つの目だけ。それらすべてが魔眼だ。

月夜の知っている闇蜘蛛の能力は二つ。金縛りと石化。闇蜘蛛は他にも三つの能力を有している。由紀が取り込まれてしまえば、闇蜘蛛の頭部にもう一つ目が増え、同時に魔力と能力がいや増すことになる。

間違いなく、由紀の〝死期の魔眼〟は恐ろしい能力を秘めている。月夜の知る限り、現在までに即死系の魔眼は確認されていない。だが、〝死期の魔眼〟はその即死系に当たると推測できた。相手の寿命を視るなんてのは序の口で、その真価は、目から魔力を叩き込むことで寿命を一気に縮めてしまうことにある。由紀には寿命が一日単位でしか視えていないらしいが、「視る」という意識を高めれば、おそらく一分一秒単位で視ることができる。その気になれば、相手の寿命を自ら決め、その期限をカウントダウンして告げることも可能だろう――まさに〝死を告げる悪しき魔女〟の綽名通りに。

死ぬはずではない相手を死に至らしめる能力を秘めた魔眼。それこそが〝死期の魔眼〟の本領だ。これは決して的外れな推測ではない。魔眼において、能力の強さと魔力量は比例する。そして、由紀の魔力量は、五つの魔眼を持つ闇蜘蛛をも凌駕している。

その真価には早百合も気付いているが、由紀はまるで気付いていない。もし気付いていたとしたら、それこそ由紀は壊れていたはずだ。母親も友達も本当に自分が殺してしまったと思い込んで。だが、そんなことは月夜には関係ない。即死系の魔眼と、それに付随する膨大な魔力が闇蜘蛛に取り込まれたら、もはや脅威では済まなくなる。問題は忍の里だけに留まらないだろう。

闇蜘蛛の企みは絶対に阻止する。月夜は改めて胸に秘めた決意を蘇らせた。

その時、気配を感じて背後を振り返った由紀が、目を見開いて悲鳴を上げた。

闇蜘蛛から伸びた数本の触手が、立ち尽くす由紀と早百合を襲う。


天城葵遠は四日で祆獅の仕事を終え、本部に任務完了の報告を上げて帰ってきた。奈良由紀の事件がどのように進展してきて、現在どういう状況にあるのかは、早百合からのメールや電話で把握している。奈良由紀は人の死期が視えるという魔眼の持ち主で、闇蜘蛛という魔眼喰いの魔物に狙われており、早百合は闇蜘蛛を追ってきた月夜という忍と手を組んだ。

葵遠が前橋まで戻ってきたのはつい先ほどのことで、原付バイクで早百合たちがいる県総合スポーツセンターに向かっていると、早百合から小蜘蛛討伐を頼む内容の電話がきた。場外のゴミ拾いみたいなものだがしかたない。早百合のほうには自分の代わりに月夜がいる。実力のある忍だというから任せておいて平気だろう。

原付バイクで夜道を風切って独走しながら、葵遠はしっかりと小蜘蛛の魔力を捉えていた。小蜘蛛の動きはそれほど速くない。追っ手がかかっていないから適当に動き回っているだけだと思われた。

葵遠は小蜘蛛がいる場所の近くで原付バイクを降り、ヘルメットを脱いでハンドルに引っかけた。気配をできるだけ殺しながら走って近付く。

耳朶を打ったのは、進行方向から聞こえた犬の鳴き声。意識を集中して探ってみれば、人の気配も感じられた。

葵遠はにやっと笑う。ただ小蜘蛛なる魔物を倒しただけでは面白くもないが、襲われている人を守ったとなれば話は断然変わってくる。

畑に囲まれた狭い農道に、犬を連れた六十歳くらいの夫婦の姿があった。立ち尽くしている夫婦の前では、茶色い中型犬が盛んに吼《ほ》え立てている。彼らの視線の先には三つの影があった。

その間に、葵遠は空から舞い降りたような軽快さで飛び込んだ。ボタンのすべて外れているシャツが風を纏ってふわりと舞う。葵遠の右腕には炎を具象化したような黒い歪な線が浮き出ている。〝巫の秀腕〟――万物を滅する万能の腕だ。

熟年夫婦を小蜘蛛から庇うように立ち塞がった葵遠は、後方に視線を送りながら言い放つ。

「ここは俺に任せて、早く逃げてください」

熟年夫婦に向ける流し目は真摯。

（ああ、誰かこの角度で写真撮ってくれないかな）

再び、犬が唸るように吼えた。葵遠は小蜘蛛がなにか動きをみせたのかと瞬時に思考を切り替える。だが——

かぷっ。

「…………」

敵意を剥き出しにして吼えた犬は、目の前に差し出されていた、葵遠の黒い模様が浮かび上がっている奇妙な右腕に噛みついた。

小蜘蛛はなにも動きをみせていない。熟年夫婦も依然として固まったままだ。

「ウウゥゥウ……ゥウ……アウ？」

葵遠の右腕に噛みついたまま低い唸り声を上げていた犬だったが、なにやら失敗してしまったらしいことに気付いた様子で、恐る恐る葵遠の右腕から口を離した。

葵遠は熟年夫婦にゆっくりと振り返りながら、にこりと笑みを浮かべて訊いた。

「この犬躾《しつ》けたの、誰ですか？」

普段なら人懐っこい葵遠の笑顔も、この時の熟年夫婦には明王の顔に映ったらしい。

『こいつです』

熟年夫婦はお互いを指差し合った。犬は両耳をぺたんと垂らして平伏《ひれふ》している。

葵遠は涎のついた右腕を嫌そうに見ながら言う。

「もういいですから、さっさとどっかイキヤガレ」

熟年夫婦と犬は頷くより早く、葵遠の声に従いさっさと走り去った。

葵遠は気を取り直し、横一列に並ぶ三匹の小蜘蛛と相対した。丸い顔の中央に目が一つ、触手のような脚は何本あるのか数えるのも億劫《おっくう》だ。立ち上がった蛸のような体型の魔物。

「覚悟はいいか？」

闇蜘蛛は結構ヤバイ相手らしいが、生み出された分身程度ならたかが知れている。ましてやそれが量産型なら恐れるに足らない——はずだったのだが。

「……？」

葵遠は真ん中にいる小蜘蛛から目を離せなかった。それだけでなく、身体が意思に反して動かない。まるであの黄色く鈍く光る目に射竦められたかのように。

中央の小蜘蛛はそのまま葵遠から視線を逸らさず、左右の小蜘蛛が葵遠の両脇に回り込む。そして両脇から、葵遠目掛けて数本の触手を伸ばした。葵遠目掛けて突き進む速度は弓から放たれた矢の如し。金縛りにあって動けない葵遠は、両脇から串刺しにされる運命にあった。

そのまま動けなかったら、だ。視線すら動かせない葵遠だったが、指一本動かせないわけではなかった。右腕に宿る〝巫の秀腕〟だけは、魔眼も通用しない。

魔眼を防ぐもっとも簡単で有効な手段は、目を合わせないこと。一度目が合ってしまったら逃げられないのがこれまた魔眼の恐ろしい性質なのだが、もし外的要因により視線を逸らすことができたなら、魔眼の効果から逃れることも可能となる。

葵遠は唯一動く右腕で自分の目を覆い、小蜘蛛の視線を遮った。金縛りから解けた葵遠は、右手側の小蜘蛛の触手を〝巫の秀腕〟で切り裂きながら肉薄。脚部に視線を向けなががら、頭部中央を〝巫の秀腕〟で貫いた。背後から迫る触手の攻撃を横に跳んでかわした時には、頭部を貫かれた小蜘蛛は灰になり、夜風に流された。

そのまま残り二匹も片付けようと、葵遠は小蜘蛛の目だけは見ないように注意を払いながら目の前に突き出された触手を避けた。しかし、目の前をよぎった触手の側面に突然黄色い目が現れ、目が合ってしまった。

「――っ！」

またもや動きを封じられたが、〝巫の秀腕〟で視線を外せばいいだけのこと。目を身体の各所に移動できることには驚いたが、魔眼が通用しないのはすでに証明済み――だったのだが、頭がぼーっとしてきたと思ったら急速に眠気が襲ってきた。

コレはマズイ。いくら〝巫の秀腕〟に魔眼の効果が通用しないといっても、眠ってしまえばそれを操る脳が止まってしまう。睡眠を強《し》いる魔眼の場合、対象者が眠りに落ちてしまえば視線が外れようと関係ない。石化と同様だ。石化の魔眼も、頭から足先まで完全に石と化してしまえば、視線が外れても石化が解けることはない。違いは、石化は自然と解けないが、睡眠は自然と目覚めるということ。目覚めるのを待ってさえもらえれば、の話だが。

葵遠の首がかくんと前に落ちた瞬間、二匹の小蜘蛛から数十本の触手が放たれた。今度こそ間違いなく葵遠の身体は穴だらけになる——と思われたのは一瞬、葵遠がいた場所には闇色に染まった虚空が存在するだけだった。

「惜しかったな」

後方からかかった葵遠の声に、小蜘蛛たちが振り返る。表情のない小蜘蛛だが、口元に笑みを浮かべて立っている葵遠に、心なし驚愕しているように感じられた。

葵遠の右腕を、まるで霧が漂うように、黒い煙が歪な線となって取り巻いていた。黒い炎にも見えるそれは、右腕の肌に直に浮かんだ線と二重に重なって見えた。魔眼によって体内に送り込まれた小蜘蛛の魔力を、〝巫の秀腕〟を経由して排出することで、葵遠は魔眼の呪縛から逃れたのだ。

葵遠が腕を振るうと、まるで小蜘蛛の触手のように右腕から黒い炎が迸った。なんの反応もできないままに、向かって右側の小蜘蛛が直撃を喰らった。頭部が消滅し、一瞬後に脚部も灰となって消え失せる。

「巫の秀腕を舐めるなよ。俺みたいな超一流の辞書に、絶体絶命なんて四字熟語は載ってねえんだよ。よく覚えておけ」

葵遠は残り一匹となった小蜘蛛に右手の中指を立てて突き出した。

笑う。これは紳士らしくなかったか、と。


闇蜘蛛から放たれた触手は、早百合の一メートルほど手前で見えない壁に弾かれた。早百合の隣にいた由紀も無事で、月夜は初めて白珠継承者の能力の一端を目の当たりにした。

触手の攻撃が効かなかったことで、闇蜘蛛は反射的に横に飛び退いた。反撃を警戒したのかもしれないが、月夜にとって、その瞬間こそが狙っていた勝機だった。闇蜘蛛の意識が正体不明の早百合へと傾注し、周囲への注意が削がれる。月夜は震鳴扇を構え――

「――なに！」

予想外の出来事に、月夜は攻撃を止めざるをえなかった。震鳴扇を振るう直前、月夜の目に飛び込んできたのは強烈なライトの光だった。

「もう一人、隠れていたのか……しかし、どういうつもりだ？」

闇蜘蛛の声は、低くしゃがれた老婆のようだった。

闇蜘蛛に気付かれた時点で奇襲は失敗に終わった。月夜はライトを照らしている早百合に鋭い視線を向けた。わざと勝機を逃す早百合の行動の意味がわからなかった。

闇蜘蛛の五つの黄色い目が鈍く光る。

「キサマ……普通の人間じゃないな」

闇蜘蛛を前にして、由紀は完全に怯えきっていたが、早百合に動じた様子はなかった。

ライトの灯りが消え、グラウンドに暗闇が戻る。

「白珠継承者で、わかるかしら？」

「な、なんだとぉぉ？」

闇蜘蛛の声は驚愕に染まっていた。闇蜘蛛ほどの魔物なら、白珠継承者の存在を知っていてもおかしくない。

「その反応は心地いいわね」

早百合は不敵な笑みを浮かべながら肩にかかった髪を払う。

「でも、あなたの邪魔をするつもりはないわ。見届けさせてもらうけどね」

「……早百合先輩？」

恐怖に怯え涙を湛えた表情で、由紀が不審そうに呟く。

「ほほおう。そいつはいい話だ。そこにいる忍も手出しは控えてくれるんだろう？」

月夜は無言を保ち、早百合を注視する。

「ええ。ただし一つだけ条件がある。泣きわめく顔を見ていたいから、頭を飲み込むのを最後にしてもらえる？」

「ふふふ、お安い御用だ」

早百合は頷くと、闇蜘蛛に向かって、おもむろに由紀の身体を突き飛ばした。早百合はそのまま踵を返し、月夜がいる場所へと歩いてくる。

たたらを踏みながら振り返った由紀は状況を理解できずに、戸惑いの視線を早百合へと向けた。まさか、という想いが強いのだろう。月夜でさえそうなのだから、由紀の胸中は想像に難《かた》くなかった。

「さ、早百合先――」

竦然《しょうぜん》として呟いた由紀の声は、闇蜘蛛のくぐもった笑い声に掻き消された。闇蜘蛛から改めて伸びた数本の触手が由紀の胴や手足に絡みつく。

由紀が振り返った時には、闇蜘蛛は由紀の真後ろへと移動していた。魔眼の主に魔眼は通用しないが、由紀はすでに物理的に身体の自由を奪われていた。触手を覆う黒い毛は硬質で、絡みついて蠢《うごめ》くたびに、百足《むかで》が這い摺り回るような悪感が由紀を襲う。

「い、いやあああああっ！」

恐怖に引き攣った悲鳴が夜空を駆け上がった。獲物を取り込みやすくするためだろう、触手の黒い毛の先からは透明な粘液が滲み出し、蛞蝓《なめくじ》が蠕動《ぜんどう》して体を舐め尽くしていくようなおぞましさだ。

「早百合先輩っ、どうしてですか？　守ってくれるって、大丈夫って、言ったじゃないですか！」

由紀は堪えきれず、悲痛な叫び声を上げる。

隣にやってきた早百合は、月夜に一言も声をかけず、由紀へと視線を向けた。早百合の表情は平静そのもので、その横顔には笑みさえ浮かんでいた。

「どういうつもりだ？」

早百合にだけ届く小声で、月夜が問う。

「私のそばなら闇蜘蛛の魔眼も通じない。月夜、あなたも一緒に由紀の最期を見届けて。手出しは無用よ」

「……なんだと？」

月夜は眉根を寄せたが、早百合はそれ以上答えるつもりはなさそうだった。

闇蜘蛛が獲物を取り込むには時間がかかる。最短でも、おそらく五分ほど。魔力と能力を取り込むためには、生きたまま丸呑みにした上で、じっくり時間をかけて吸収する必要がある。その間、闇蜘蛛が無防備になるわけでもないのが厄介なところだが、手出し無用とはどういうことだと、月夜は早百合の横顔を睨みつけた。

闇蜘蛛の口は頭部と脚部の接合部にあるらしく、由紀は二メートルほどある触手の群れの中に、ゆっくりと引き摺り込まれ始めていた。

「いやあっ！　助けてください、早百合先輩っ！」

「なにが嫌なの？　由紀」

「――え？」

早百合のあまりにも静かな問いかけに、由紀は言葉を失った。

「死にたいと思ってたんでしょ？　誰かに殺して欲しいと思ってたんでしょ？　今がその時じゃない。闇蜘蛛に取り込まれて、あなたは死ぬことができる。すぐにでも望みが叶うっていうのに、なにが不満なの？」

早百合の口から信じられない言葉が飛び出した。

「――そ、そ……んな……」

愕然とした由紀の唇は小刻みに震え、まったく意味を成す言葉にならなかった。

その間にも、由紀の身体はずりずりと闇蜘蛛の内側に埋もれていく。無数の触手がそれぞれ意思を持って蠢《うごめ》き、由紀の身体を奪い合うかのようだ。

「まさか今になって死ぬのが怖くなったなんて言うんじゃないでしょうね？　自分の母親と親友を殺しておきながら、自分が死ぬのはそんなに怖いの？」

早百合の容赦ない言葉が、杭《くい》となって由紀の胸を貫く。

「……あ、ぅ……」

由紀の両目から大粒の涙が零れ落ちた。

「だ、って……もうだいじょ、って……あ、あんなに……優しか――」

「当然でしょう？」

由紀の言葉に被せるように、早百合が嘲笑した。

「あなたから秘密を聞き出すのには、優しく接するのが一番手っ取り早いと思ったから」

「――う、うそ……そんなの嘘です！」

由紀は大声で否定した。桃子がいなくなってから、初めて信じられる存在となったのが早百合だ。その早百合に、もしも裏切られたとしたら――

「嘘？　ちょっと優しくされたからって、いい気にならないでよ、由紀。あ、あなたが私のない、い、い、い、い、い、いにを知ってるって言うの？」

「――」

由紀の目がこれでもかというほど大きく見開かれた。

闇蜘蛛の触手は蠢き続けており、由紀の身体をゆっくりと内側へ引き摺り込んでいく。身体が水平に持ち上げられたようで、由紀の手足は今や完全に触手の中に埋もれてしまっていた。

月夜の震鳴扇を持つ手に力が籠る。いざとなったらいつでも飛び出せるように身体の隅々まで力を漲らせておく。早百合の思惑など知ったことではないが、自分の目の前で再び闇蜘蛛の犠牲者を出すわけにはいかなかった。

早百合の表情と態度は、明らかに由紀を蔑《さげす》んでいた。

「ああ、そっか。由紀は私のことを知ってたのよね。私に秘密をばらされるのが怖かったんでしょう？　それを知ってて自分から秘密を打ち明けたんだから、もう間抜けというしかないわね。でも安心していいわよ。あなたの秘密は、あなたがここで死ぬことで守られる。私が知りたかったのはあなたの秘密。その延長で闇蜘蛛という魔物を見てみたかっただけ。もう私の好奇心は満たされた。さよなら、由紀。あなたが愚か者で、とても楽しめたわ」

早百合の辛辣《しんらつ》な言葉は、由紀の心をずたずたに引き裂いていくようだった。

「わ、わた、わた、し……は、……」

わなわなと身体が、咽喉が、唇が、なにより心が震え、由紀の想いは言葉にならない。

早百合はそんな由紀を鼻で笑う。

「なに？　この期に及んで殺してないとでも言うつもり？　あなたにそれがどうやって証明できる？　大場桃子のお墓で何度も何度もごめんなさいって謝り続けるあなたには、決して消せない罪の意識がある。母親も大場桃子も、そんなあなたを憎んでいるのよ。殺したいほど恨んでる。魔物に取り込まれて死ぬなんて、天罰以外にないでしょう？」

「……っぅ」

由紀は胸を突かれたように目を見開き、肩を落とすようにゆっくりと俯《うつむ》いたあと、それでもなにかに抗うように唇を噛んだ。

「母親と親友のところにいけるのよ？　由紀。あなたにとって、これほど素晴らしいことはないんじゃないの？　楽しかったあの頃に戻れるんだから。あなたは、ずっとそう願っていたんでしょ？」

由紀の表情は前髪の奥に隠れて見えない。もはや右肩と頭部以外は触手の中に埋もれてしまっている。由紀の顔も闇蜘蛛の頭部に近い位置にあった。

完全に取り込まれてしまうにはもう少し時間がかかるだろうが、助け出せなくなってしまっては元も子もない。残り時間には猶予がなかった。

「早百合、なにを考えているのか知らないが、もう無理だ。話ならあとでやれ」

月夜は闇蜘蛛に向かい足を踏み出そうとしたが、早百合の手に遮られた。

「助ける必要はないわ。あなたはここにいればいい」

平然と言い捨てる早百合。事ここに至って、初めて月夜の表情に動揺の色が走った。

「――本気で言っているのか？　これ以上は手遅れになる。そのくらい、お前にもわかってるだろ」

「手遅れ？　魔力を増大させた闇蜘蛛が計り知れないほどの脅威になるってこと？」

早百合は月夜を一瞥すると、不敵に笑んだ。

「由紀の魔力が闇蜘蛛のものになったとしても、あの程度の魔物は恐れるに足らない。私が封じてあげるわよ」

「……なにを言ってる？　違うだろ。お前は闇蜘蛛なんてどうでもいいはずだ。奈良由紀を救ってやるんじゃなかったのか？　今を逃したら、助け出すことなんてできなくなるんだぞ！」

月夜は自分の言葉に戸惑いを覚えるしかなかった。これでは立場が逆だ。目の前にいる少女が、あの日、由紀を想って自分を罵倒した早百合と同一人物だとは思えなかった。

「ふん。あれのどこに、救う価値があるわけ？」

「早百合……っ！」

月夜は苛立ちを隠せなかった。

だが、月夜の感情などどこ吹く風で、ついに頭部だけとなった由紀に視線を投げ、早百合はせせら笑った。

「由紀、これだけは覚えておくのね。私はあなたなんかに同情しない。世界から人殺しが一人いなくなるんだから、いい気分だわ。せいせいする。それに死んだからって、母親や大場桃子と同じ場所にいけるなんて思わないことね。この、母親と親友を呪い殺した殺人者が」

ぞっとするほど冷ややかな視線で、早百合は由紀を見つめた。

「地獄に落ちろ、死を告げる悪しき魔女」

早百合の口から告げられた死の宣告は、月夜の胸中まで激しく揺さぶった。

これ以上はじっとしていられない。月夜が早百合を突き飛ばしてでも動こうとしたまさ

にその時、

「…………………ぁう」

微かに漏れ出たような掠れ声だったが、確かに由紀の声が月夜の耳に届いた。

うわ言かと思ったが、再び届いた声はしっかりと言葉になっていた。

「……ちが、う」

由紀は、早百合の言葉を否定していた。

月夜は由紀の言葉にならない声を読んだ。

——私は魔女ではない。

おそらくは五年間ずっと胸に秘めていて、しかし誰の前でも言い出せなかった言葉。

否《いな》、由紀の想いを、月夜は読み取れていなかった。

闇蜘蛛の触手に埋もれた顔を上げ、由紀は涙混じりの大声で叫んだ。

「お母さんも桃子ちゃんも、——私を恨んでなんかない！」

由紀は涙を湛えた目で強く早百合を睨みつけた。

「お母さんは大丈夫だよって言ってくれた。お母さんはいなくならないって……最後までずっと、私が大好きだって言ってくれてた。桃子ちゃんだって、私が一番の友達だって言ってくれた。ケンカしたけど、仲直りしたいって思ってて……私は二人のことが大好きで、ずっとずっと一緒にいたくて……お母さんと桃子ちゃんだって、同じ気持ちでいてくれた。だから……だから、絶対に私のことを恨んでなんかいない！」

由紀は子供のように泣き叫んだ。顔をぐしゃぐしゃにして泣きじゃくりながら、早百合の言葉を必死になって否定した。

「知ったふうな口を利かないで！　早百合先輩こそ、私たちのなにを知ってるって言うんですか！　……私は魔女かもしれないけど、それでも、お母さんと桃子ちゃんがいたら助けてくれた。絶対に味方になってくれた。私に幸せになってほしいって……だから……」

由紀はぐずぐずと洟《はな》を啜《すす》りながら息を呑み、ゆっくりと息を吐き出すように続けた。

「同じところになんか、いけないよ……いけるわけない。だって……お母さんも桃子ちゃんも……怒るもん。……死んだらダメだって……私の分も……私に生きろって、絶対に言うんだから！」

由紀の叫びが、夜空に木霊《こだま》した。その声を最後に、由紀の身体が完全に触手の内側に取り込まれた。

「くっ！」

月夜は震鳴扇を振りかざす。

(間に合うか……っ！)

こうなっては由紀を助け出すのは至難だ。闇蜘蛛が由紀を完全に吸収してしまう前になんとしてでも倒すこと——それが今の月夜が選ぶことのできる最善だった。もはや一刻を争う、時間との勝負。

だというのに、早百合はまたしても月夜の動きを手で制した。

「引っ込んでろ！」

思わず突き飛ばそうと腕を振り上げた月夜だったが、早百合の顔が視界に入った瞬間、完全に勢いが殺《そ》がれてしまった。

早百合は、笑っていた。

絶体絶命の状況下で、早百合は嬉しそうに微笑んだ。

追い詰めれば、由紀は必ず抵抗する。由紀の母親と大場桃子を引き合いに出し、由紀を傷つける言葉を浴びせた。すべては、死に逃げてしまいたいと思っていた由紀を踏み止まらせていた最後の一歩――その想いを聞き出すために。

そして、由紀は口にした。

――同じところになんかいけない、と。

早百合が確かめたかったのは、由紀が生きる意志を持っているかどうか。たとえ今は後ろ向きな考え方だったとしても、それこそが由紀にとっての真実だ。

笑みを浮かべた早百合の囁きは、とても優しい響きに満ちていた。

「だったら生きなくちゃね、由紀。あなたが死んで怒る人が二人。悲しむ人が、少なくとも四人いるわ」

十分、由紀には生きる価値がある。

「私が助けてあげる」

早百合は闇蜘蛛に向けて、両手のひらを向かい合わせるようにして突き出した。

「古《いにしえ》の門より遥か永きに生まれ継がれし古の道」

早百合の口から祝詞《のりと》のような詞が紡《つむ》がれた。突き出している両手のひらがぼんやりと輝き始める。月から降り注ぐ玲瓏《れいろう》な光に似た、清浄な白い光。

共鳴するように、闇蜘蛛の触手の内側からも微かな光が漏れ出た。ちょうど頭部と脚部の接合部の辺りからだ。

「天の力地に満ち広がり地の力天に還《かえ》り去らん」

月夜が目をわずかに見開いて見守る中、早百合の手と闇蜘蛛の接合部付近の白光の光度が次第に増していく。

早百合は手のひらに温かく心地良い熱を感じ、闇蜘蛛はくぐもった呻《うめ》き声を上げた。

「白珠継承者の名の下邪《よこしま》なる力を退けん」

光が広場を照らす夜間照明ほどに強くなった直後、闇蜘蛛が絶叫し、触手の内側から由紀の身体が吐き出された。芝生の上に転がった由紀は、日溜まりのような温かさと柔らかさをもった白い光に全身を優しく包まれていた。

早百合と月夜が駆け寄る。闇蜘蛛は、由紀を包む白い光を嫌うように距離を取った。

白い光の光源は由紀の胸元にあった。早百合が肌身離さず身につけている真っ白い珠のついたネックレス。その珠はネックレスと繋がってはおらず、珠受けと珠の間には一ミリに満たないほどの僅かな隙間が開いていた。

それが〝白珠〟。早百合が継承した力と一対の宝玉だ。

早百合は、由紀の背中を抱き起こして呼びかける。

「由紀」

「……早百合、先輩……」

由紀はわずかに目蓋を開き、ゆっくりと言葉を発した。

「うん。頑張った。よく抵抗したよ、由紀」

早百合は由紀の身体をぎゅっと力を込めて抱き締める。

「生きたいなら、生きていくなら、逃げてばかりじゃいけない。由紀はお母さんの分も桃子ちゃんの分も、生きて幸せにならなくちゃいけないんだから。どんなに後ろ指差されようと、由紀は胸を張っていい。噂が真実じゃないことは、由紀の態度でしか証明できないんだから。生きることは戦うこと。由紀が自分の戦いから目を背けなければ、私はこれからずっと、由紀の味方よ」

早百合は愛しそうに由紀の髪を撫で、優しく微笑みかけた。

「――はい」

目尻から涙が流れ落ち、由紀はそのまま意識を失った。

これからも問題は山積みだ。由紀がそうすぐに変われるとは思えないし、積み上がってしまった今の環境を壊すのは口で言うほど容易ではない。それでも、今だけは――。

早百合は由紀の頭を優しく撫でた。そして――

早百合は月夜に意識を向ける。協力関係にあったとはいえ、こっちもよく堪《こら》えてくれた。あとは思う存分暴れてくれていい。舞台は整った。

「出番よ、月夜」

ついにこの瞬間が訪れた。月夜は数歩、闇蜘蛛に歩み寄った。早百合の能力の効果範囲がどれほどかわからないので、意識して視線を逸らしておく。闇蜘蛛と対峙するのは八年振り。月夜は八年でだいぶ大人に近付いたが、闇蜘蛛に変わったところは見受けられない。いや、一つだけ。八年前、闇蜘蛛の頭部にあった目は四つだった。それが今は一つ増えている。月夜の脳裏に、苦い記憶が蘇る。

「キサマらぁぁ……よくもワタシを虚仮《こけ》にしたなぁぁ」

数本の触手を宙でくねらせながら、闇蜘蛛が怨嗟の声を上げる。

「今のはあいつの独断だ。一緒にするな」

月夜は吐き捨てた。白珠継承者の力をまざまざと見せつけられた。早百合はいつでも由紀を助けることができると確信していたのだろう。だから、あれほどまでに落ち着いていられた。白珠継承者である自分の力を信じ、由紀の秘めたる想いを信じ、そして今、月夜の実力を信じて、戦いの場を任せた。

どこまでも早百合が描いた台本通りの展開。間違いなく、月夜が闇蜘蛛を倒すことまで台本には記されているはずだ。まさか早百合に呑まれていたとは、今の今まで気付かなかった。

だが、月夜と闇蜘蛛との間には、台本に記されていない因縁が存在する。

思考を切り替え、月夜は震鳴扇を持つ手を眼前に掲げた。視線は闇蜘蛛から逸らしたまま。闇蜘蛛が魔眼を身体の至る所に移動できる特異体質だということを、月夜は知っている。

「……その扇子、どこかで見た覚えがある」

闇蜘蛛の呟きを聞き止めた月夜は、面白くもなさそうに鼻を鳴らす。

「見覚えがあって当然だ。この震鳴扇は、お前が取り込んだ月夜様の忍具だったんだからな」

告げた瞬間、月夜の背後で、早百合が「え――」と聞き耳を立てたが、説明してやる義理はない。

「月夜……くははは。そうかそうか。どうりで。ほほおう。となるとキサマはもしかして、あの時の足手纏いか？」

闇蜘蛛の嘲笑に、月夜のこめかみがぴくりと動いた。

確かにあの時、月夜は足手纏いに過ぎなかった。

＊　＊　＊

八年前。月夜は朱鷺《とき》と呼ばれていた。

忍の里の指令で魔物退治に向かったのは、先代月夜と他二名の忍、その時すでに忍具を与えられていた朱鷺の四人だった。幼少の頃から天才的な才能を見出されていた朱鷺を先代も認め、修行に付き合ってくれることが多かった。その一環として、朱鷺も同行を許可された。

任務そのものはすぐに片がついた。先代の力は圧倒的で、あっという間に魔物は倒された。朱鷺は本当に見ているだけに終わり、大人にも負けないという自負は、先代の前ではあまりにも小さ過ぎた。

——月夜様のような忍になりたい。

朱鷺は羨望の眼差しで月夜の背中を見つめていた。

闇蜘蛛に遭遇したのは、忍の里へと戻る途中の山道でのこと。すでに闇蜘蛛の存在は忍の里では噂の種になっていた。魔眼を持ち、魔眼を喰らう魔物。闇蜘蛛の犠牲になる忍もあとを絶たなかった。

闇蜘蛛は狙っていたのだ。先代が忍の里を離れて少数で行動し、その中に人質として使えそうな弱者が混じっていた、あの時を。

先代は石化の魔眼を持っていた。朱鷺たちの前に現れた闇蜘蛛の狙いは、まさしく先代の魔眼だった。

闇蜘蛛と目が合った瞬間に身動き一つできなくなった朱鷺の目の前で、先代以外の二人の忍がたちまち触手に額を貫かれて絶命した。人質に選ばれた朱鷺は触手に身体を絡め取られ、いとも簡単に闇蜘蛛の手中に落ちた。

魔眼使いに魔眼は通用しない。先代に対する闇蜘蛛の武器は触手しかなく、先代の手には震鳴扇が握られていた。先代にとって魔眼は副産物に過ぎず、純然たる忍の力を認められて〝月夜〟の忍名を授かっていた。だから当然、分《ぶ》は先代にあった。

しかし、先代は闇蜘蛛に敗れた。

敗因は、忍らしからぬ人としての優しさ。

先代は闇蜘蛛を倒すことよりも、朱鷺を守ることを選んだ。人として正しかったとしても、忍としては愚かな行為だ。あるいは闇蜘蛛は、朱鷺と先代の関係を知っていたのかもしれなかった。だからこそ朱鷺を人質として盾《たて》にした。

目に焼きついて離れないのは、朱鷺を守るために身体を投げ出し、代わりに身体を幾本もの触手に貫かれた先代の姿。

触手から解放され、地面に座り込んで涙を湛えていた朱鷺の目の前で、闇蜘蛛は触手を蠢かして先代を内側に取り込み始めた。朱鷺はがたがた震えながら、目を逸らすこともできずに、自分が吐いた血に塗れた口から必死でなにかを伝えようとする先代の顔を見つめていた。

先代が朱鷺に遺した最後の言葉。それは……、

――お前は絶対に凄い忍になる。だから今は逃げろ。

泣きながら「月夜様！」と叫んだような記憶もあったし、闇蜘蛛から伸びてきた触手に襲われた記憶もあったが、非常に曖昧《あいまい》だ。我に返った時、朱鷺は一人で忍の里の入り口で四つん這《ば》いになって息を乱していた。その手に、震鳴扇を握り締めて。

忍の里では先代の甘さを非難する声も少なくなかった。中には朱鷺を罵る声もあった。お前が舌を噛んで潔く死を選べばよかったんだ、と。

朱鷺の心に、決して癒えることのない傷が刻まれた。

その後、朱鷺はそれまで以上に厳しい修練に励み、異常なほどの速さで力を身につけていった。先代が扱っていた震鳴扇を我が物とした朱鷺はやがて、先代に代わって〝月夜〟の忍名を授かった。

＊　＊　＊

決して忘れることのできない過去の映像が、月夜の脳裏で明滅を繰り返す。

由紀が闇蜘蛛に完全に取り込まれそうになった時に焦りを隠せなかったのは、先代が闇蜘蛛に取り込まれる光景が目に焼きついていたからだ。

しかし、それも早百合の力で事なきを得た。早百合が言ったように、ここからは月夜の出番だ。闇蜘蛛だけは、月夜が倒さねばならぬ因縁の相手。

「確かに、あの時の俺は足手纏いだった。だが、今は違う」

月夜は震鳴扇を握る手に力を込めた。

「俺は月夜。復讐なんてつもりはないが、お前だけは俺が倒す。この震鳴扇で」

それが月夜のけじめ——いや、朱鷺のけじめだ。

「くはははっ。面白い。あれからどれだけ年月を経たのか知らないが、どれだけ成長できたかはしっかり見てやろう。あの男に代わって、このワタシがな」

闇蜘蛛の哄笑を、月夜は冷静に受け止めた。

「そうだな。そして死ね」

月夜は両目を閉じた。目を開けていては、どんなに避けようとしていても、魔眼自らが視界に飛び込んでくる可能性がある。触手にまで魔眼が移動できる闇蜘蛛の特性は厄介極まりない。一瞬でも目が合ってしまえば終わりだ。

魔眼は、意思を持って相手を視ることで対象者に呪いをかける。これほど単純で強力な武器はそうそうなく、逆に、防ぐ手立ても「目を合わせない」という単純なものになる。

「小癪《こしゃく》な。考えることは足手纏いだった子供のままだねえ」

闇蜘蛛の言葉が終わらないうちに、月夜は練気を注いだ震鳴扇を振るった。

放たれたのは風の弾丸――衝撃波。目を閉じているとは思えないほど狙いは正確だったが、闇蜘蛛は一瞬にして触手のバネを使って横に跳び、それをかわした。

極度に腹が減るからという理由で移動速度を抑えているだけで、戦闘時の闇蜘蛛は動こうとすればいくらでも素早く動ける。伸縮する触手の攻撃範囲も広く、知能もある闇蜘蛛には、欠点と呼べる欠点は存在しないといえた。

月夜の衝撃波を難なくかわした闇蜘蛛は、月夜目掛けて触手を放った。その数は、優に三十本を超えていた。それらが四方八方、上からも迫りくる。震鳴扇で攻撃したとしても一度に防げる触手の数は限られてくる。加えて触手の動きは自由自在で、攻撃を避けつつ月夜を襲うことなど造作もなかった。

月夜は震鳴扇を右手に、左手に腰から抜いた忍刀を逆手にして持つ。斜め上から右太股を貫こうとした触手を紙一重でかわし、左側頭部に迫った触手をわずかに身を沈めてかわす。左肩口と右脇腹を狙った触手を身体を横にすることでかわし、頭上から襲う触手と足元から地面を突き破って襲いくる触手を、身体をくるりと回転させてかわす。かわすことを優先し、かわしきれない攻撃のみを震鳴扇と忍刀で断ち切る。

すべての攻撃を紙一重でかわしているのは、触手の動きを縛るためだ。触手から逃れるために早く動き過ぎたのでは、避けた方向に触手が矛先《ほこさき》を向け、自ら複雑な攻撃を招いてしまうことになり、いずれ追い込まれる。だから紙一重でかわす——いや、実際には受けている。月夜は身体中に無数の掠り傷を負っていた。だが、そんな傷は枷《かせ》にもならない。

優しく降り注ぐ月光の照明の下。

触手が奏でる風の音をＢＧＭに。

芝生が敷かれた舞台の上で。

両目を閉じた状態のまま。

月夜は流麗に舞った。

月夜がステップを踏むたびに、触手の軌道上から月夜の姿が掻き消え、月夜が両腕を振るたびに、触手が断ち切られて地面に落ち、やがて灰となって夜風に流される。まるで身体全体でリズムを取りながらタクトを振るう指揮者。

戦う月夜の姿は美しいの一言に尽きた。

月夜は闇蜘蛛に敗れてからの八年間、ずっとこの時のために盲目の状態での修行を積んできた。今なら、一度も訪れたことのない山中でも、目を閉じたまま普段とほぼ変わらない動きができる。成長した月夜に、恐れることはなに一つなかった。

朱鷺が授かった〝月夜〟の忍名には、それだけの重みがある。

「ば、馬鹿な……そんなはずはない。どうしてあれだけの攻撃を避けきることができるというんだ……ワタシは、あ、悪夢を見ているのか……」

魔眼が通じず、触手の攻撃も通じない。八年前のように人質にできる相手もいない。由紀も白珠継承者である早百合に守られていて手出しができない。闇蜘蛛にとって、悪夢としか言いようのない大誤算だろう。

月夜が早百合と手を組んでもいいと判断した最大の理由は、実はそこにあった。対魔物戦において、早百合は絶対に足手纏いにならないのだ。

闇蜘蛛は怯えた。つい十五分前まで、由紀の魔眼と魔力を手に入れて、集まった魔物たちを引き連れて忍の里を壊滅し、神具を奪取するという構想が手の届く場所にあったはずなのに。

月夜を襲っていた触手の嵐が、不意に止んだ。

恐れ戦く闇蜘蛛に、凛然として立つ月夜が言う。

「一つ、言い忘れていた」

「……なにぃ」

「俺がここまで強くなれたのは、あの時お前に無様に負けたからだ。感謝する」

それは痛烈な皮肉だった。足手纏いと蔑んだ相手。殺すまでもないと放っておいた相手。その相手が〝月夜〟の忍名を授かるほどの忍となって、闇蜘蛛の前に立ち塞がる。

感謝の言葉は、同時に死の宣告でもあった。

「おのれえええええ！」

激昂した闇蜘蛛は怒りに任せて数十本の触手を月夜目掛けて放った。触手はすぐ新たに生み出される。魔力は消費するが、戦闘に影響するほどではない程度だ。しかし、我を忘れた力押しの幼稚な攻撃が、月夜に届くはずがない。

「無様だな」

すべての触手を払い除けた月夜が、一言吐き捨てる。

「……う、あ……あ……」

怯え、じりじりと後退る闇蜘蛛に、月夜は一歩だけ歩み寄った。

八年前とは逆だ。狩る者と狩られる者。弱肉強食の世界。それは自然の摂理。古来より在《あ》るべき、混じり気のない純粋たる世界の真の姿。そこに、遠慮など微塵もいらない。

「終わりだ、闇蜘蛛」

戦いの中では弱者は強者に淘汰《とうた》される運命にある。

「……ひ、ひぃぃぃっ」

闇蜘蛛は恐怖に引き攣った悲鳴を上げると、月夜に背を向けて一目散に逃げた。

月夜は追わない。先代から受け継いだ震鳴扇が、月夜から注がれた膨大な量の練気を纏って蒸気を噴き出し、月光に照らされて鈍く輝く。

月夜の眼光が閃き、震鳴扇が唸りを上げて振るわれた。

震鳴扇から放たれたのは、それが鋼鉄だろうと斬り裂く真空の刃《やいば》。

音もなく、百メートルほど先まで逃げた闇蜘蛛の身体が縦に真っ二つに断たれた。

弾けるような音を立てて、月夜は震鳴扇を閉じた。


「ちょっと、どこ行くのよ?」

なにも言わずに立ち去ろうとした月夜を、早百合は慌てて呼び止めた。

「俺の任務は完了した」

足を止めて振り返った月夜は一言告げた。

「だからってこのまま……せめて最後まで付き合いなさいよ」

夜中、明かりも人気もない場所に、か弱い少女が二人。男が手を貸すには十分な理由となるはずだ。しかも由紀は気を失っている。半ばその場の雰囲気に流される形だったとはいえ、協力関係にあったのは確かだ。少しくらいは情を寄せてくれてもいいだろう。

しかし月夜にあっては、

「それはお前の役目だろう」

背中を向けたまま淡々と告げ、早百合の方を見向きもせずに去っていった。

その背中を唖然《あぜん》と見つめていた早百合は、

「い〜っ、だ！」

小さくなっていった月夜の背中に、まるで子供のように歯を剥き出して吼えた。

なんて甲斐性《かいしょう》のない男だ。本当に最後の最後まで自分勝手で嫌なやつだった。

他人のことを言えた義理ではないけれど、腹が立つ。

「こんなに月が綺麗な夜だっていうのに……」

早百合は頭上を仰いで、目を閉じた。

頬を撫でていく夜風が気持ちよかった。

終章　絆

カーテンを開けると、窓の向こうには曇り空が広がっていた。

太陽の光は見て取れるので薄曇りといった感じだが。

「まったく、こんな日にこそからりと晴れなさいよ」

天候を操る神様に苦情を申し立てたのは、由紀の部屋で一晩を明かした早百合だ。由紀にとって、今日が新しい一歩を踏み出す記念日となる。天気がよくないのは残念だった。

昨夜、あとから合流した葵遠に由紀を背負ってもらって家まで送った早百合は、由紀を気遣って部屋に泊まることにした。由紀は夜の間、一度も目を覚ますことなく、今も布団の中ですやすやと寝息を立てている。

「由紀、もう朝よ」

早百合の声に反応した由紀の目蓋が震え、ゆっくりと開く。

「おはよう。気分はどう?」

「……え……?」

由紀は寝惚け眼で早百合を見ながら、呆けた声を上げた。

やがて由紀の頭がしっかりしてくると、早百合は由紀に昨夜の顛末《てんまつ》を話して伝えた。重要なのは闇蜘蛛が死んだことではなく、由紀の魔眼だが、もう心配はなかった。白珠継承者である早百合が魔力を封じたからだ。

話をしていると葵遠が訪ねてきた。由紀は葵遠を実験台に、魔眼の効果が消えていることを確かめた。早百合には魔力が及ばないため、確かめられなかったのだ。

果たして、昨日までは目を合わせた人なら誰でも顔に数字が浮かんだのに、葵遠の顔にはまったく数字が視えなかった。

「ふ、そんなに見つめられると照れるぜ。キスでもしとく？」

真顔でホザイタ葵遠に由紀は真っ赤になって俯き、早百合は手元にあったクッションで横っ面を殴り飛ばした。

お茶を運んできた祖母の顔をおそるおそる視た由紀は、その時になってようやく安堵の表情をみせた。

魔力を封じたとはいえ、完全に魔眼の能力が封じられたわけではないと、早百合は葵遠から聞いていた。しかし早百合はそのことを由紀には伝えなかった。今回のようなことでもない限り、魔眼が復活することはまずない。魔力を封じた以上、魔力を頼りに魔物が近寄ってくることもないはずだ。由紀自身、魔眼を使う気は皆無なのだから、意思の力で魔眼が復活することもないだろう。

由紀は月夜のことを少し気にかけていたが、もう会うこともないだろうから忘れていいと伝えた。

実をいえば、早百合も月夜のことは気になっていた。結局、月夜と闇蜘蛛の間にどんな過去があったのかわからないままだ。数日だけの付き合いだったし、好きになれそうにないタイプだったが、かといって嫌いになれそうにもなかった。ただ早百合と月夜には接点がある。もしかしたら、またどこか魔物退治の現場で偶然巡り会うことがあるかもしれないと感じていた。

葵遠が加わったことで賑やかになり、由紀もだいぶリラックスしてきた頃、ちょうどお昼になった。昼食は早百合が台所を借りて簡単に作って食べた。

「早百合先輩って、なんでもできるんですね。すごいです」

「ありがとう。よかったら今度教えるわよ」

「はい」

「…………」

早百合は葵遠の頭を無言で叩いた。

「なにすんだよ？」

「心の声が聞こえた。これで性格が捻《ひね》くれてなければとかなんとか」

「……ホントウ、ナンデモデキルンデスネ。スゴイデス」

その時、玄関のチャイムが鳴った。早百合は玄関に出て客を迎え入れた。早百合には誰が訪ねてきたのかわかっていた。今日この日にもう一度訪ねてきてほしいとお願いしていたからだ。

「こんにちは」

早百合に続いて由紀の部屋に入ってきたのは——

「久し振りだね、由紀」

「玖里子、さん……どうして……」

大場玖里子の急な登場に、由紀は戸惑いを隠せなかった。

早百合が、玖里子と会ったことから、今日来てくれるようにお願いしたことまでを簡単に話して伝えると、そのあとを玖里子が受け取った。

「由紀、これ。桃子が海水浴に行く前の日に、由紀に宛てて書いた手紙」

「――え」

驚いた由紀は、受け取った封筒をまじまじと見つめた。

「今日まで、渡せずにいたんだけど……。お願い、由紀。桃子の手紙、読んであげて」

由紀は神妙に頷くと、封筒の中から一枚の便箋を取り出して広げた。

『大好きな由紀へ
この前はごめんね。ケンカなんてしたくなかったんだけど、どうしてかケンカになっちゃった。仲直りしたいから、わたしもおみやげ買ってくる。よくわかんないけど、わたしが海に行くこと心配してくれてありがとう。だいじょうぶだから、かえってきたら、仲直りして、またいっしょに遊ぼうね。いっぱいおもしろい話しようね。これからもずっと友達でいようね。

Dear my best friend YUKI』

玖里子に教わったのだろう、慣れない筆記体で綴られた英語は……

──親愛なる一番の友達、由紀。

桃子の手紙に、一つ、一つ、また一つと、雫が落ちて染みを作る。

「桃子ちゃん……」

由紀は手紙を胸に抱き締めて、熱い涙を流した。

「あやま、うぅ、ぁ……わた、の、ほ……なの……に……」

言葉にできない想いが溢れて止まらなかった。

桃子は、由紀のことが大好きだったのだ。ケンカしても一番の友達だと、海水浴から帰ってきたら仲直りしたいと、ずっと一緒にいたいと、由紀と同じ想いを抱いていた。

三人が見つめる中で、由紀は手紙を抱き締めたままひたすら涙を流し続けていた。

玖里子がゆっくりと話しかける。

「由紀、私ね、桃子のお墓の前で謝り続けるあなたを見て、あなたがまだ桃子が死んじゃったことを受け入れられないでいるんだって、そう思ったの。五年も経った今は、私たち家族でさえ泣いて暮らしてなんかいない。泣こうと思えば泣けるけど、そういうんじゃないよね。……私は、桃子が死んじゃってからずっと、由紀が苦しんでるの、知ってた。少なくとも引っ越すまでは、知ってて、知らん顔してた……」

玖里子はもらい泣きしそうな顔に笑みを浮かべて、続けた。

「桃子に、怒られちゃった」

由紀が涙に濡れた顔を上げる。

「由紀は私の親友だぞ。慰めてあげないでどうするんだ。そんなんじゃお姉ちゃん失格だぞ。って」

由紀の目から再び涙が溢れ、玖里子の両目からも涙が零れた。

「私ね、ついこの間まで、ごめんなさいって謝り続ける由紀に、桃子の代わりに『許してあげる』って言うつもりだった。由紀にそう伝えることができるの、私だけだと思ったから。でも……」

玖里子は由紀が愛しそうに抱き締めている手紙に視線を落とした。

「違うよね。桃子は許してあげるなんて言わない。だって、桃子は由紀のこと、怒ってなんかいなかったんだから。だから……伝えるね、由紀。桃子の代わりに、桃子の言葉を」

玖里子は由紀の両肩にそっと手を添えた。

「ごめんね、由紀」

つぅー、と由紀の頬を一条の涙が伝い落ちた。

「……う、ううん、ううん、ううん。私のほうこそ、ごめんね……」

由紀は何度も何度も首を横に振り、大好きだった友達と五年越しの仲直りの言葉を交わした。

由紀と玖里子はお互いを支え合うようにして抱き合って涙を流した。

ここにいない、桃子の分まで——。

由紀が落ち着いた頃、まるで計ったようなタイミングで由紀の携帯電話が着信を告げた。

父親からの電話は、赴任地が北海道から群馬に変わり、もう来週には群馬に来られる、だから一緒に暮らそうというものだった。

応答からそれを汲み取った玖里子が、電話を切った由紀に微笑みかけた。

「お父さんと一緒に暮らせるようになるの？」

「そうらしい、です」

実感が湧かないのか、由紀の返答はぎこちなかった。早百合が裏で手を回したことを由紀は知らない。

「由紀のお父さんね、年頃になった娘にどう接していいかわからなくて、気付いたら縁遠くなっちゃってたって、後悔してたわよ」

早百合がさも当然のように話すと、由紀もそれでなにかを察したらしかった。

「お母さんが亡くなってから、由紀のことはずっとおばあちゃんに任せっきりだったからって。それでもね、お父さんはおばあちゃんから毎日のように電話で由紀の様子を聞いていて、由紀のことを考えない日はなかったそうよ。誕生日プレゼント、毎年欠かさずその日に届いてたでしょ？」

「はい」

「由紀には聞こえなかったかもしれないけど、昨日の夜、私は由紀が死んだら怒る人が二人、悲しむ人が少なくとも四人いるって言った。怒る人は、由紀のお母さんと桃子ちゃん。悲しむ人は、由紀のお父さんとおばあちゃん、玖里子さん——それに、私よ」

早百合はにこりと微笑んだ。

「となると、だ」

待ってましたとばかりに葵遠が合わせる。

「俺が五人目ってわけだな」

葵遠が片目を瞑って笑いかけると、由紀は嬉しそうに頬を緩めた。

「一人ずつ、ゆっくりと友達を増やしていこう、由紀。時間はかかるだろうけど、由紀はもう独りじゃない。独りになんかさせないんだから」

「……はい」

由紀が頷き、玖里子も励ますように笑顔を向ける。

「桃子も、それを望んでると思う。昔の由紀なら、友達はすぐにできるはずだよ」

「……うん」

由紀がまた泣きそうになると、葵遠がポケットから取り出したハンカチで由紀の涙を拭う。

「ほらほら、もう十分泣いただろ？　こういう時はとびきりの笑顔で笑うんだよ」

早百合も頷く。

「これぱっかりは葵遠の言うとおりよ、由紀」

「これぱっかりとか言うな」

「事実でしょ？」

「ぐう」

「なに？」

「いや、先にぐうの音を出してみた」

「そ、よかった」

「ゼンゼンよくねーって顔だぞそれ！」

早百合と葵遠の漫才のようなやりとりに、由紀は楽しそうに声を上げて笑った。

桃子がいなくなってから初めて見せた——とびきりの笑顔だった。

自宅へと戻った早百合は、自分の部屋の前で唖然と立ち尽くした。

扉を開けたら、思いもよらぬ先客の姿があった。見慣れた自分の部屋の中で、黒ずくめの服を着た見覚えのある美形の少年が、お茶を飲みながら小説を読んでいた。

「奈良由紀のほうは一段落したのか？」

すっかり馴染《なじ》んだ雰囲気で、風魔の忍である月夜は問いかけてきた。

「な、なんであなたがここにいるのよ？」

早百合は困惑した。月夜のことだから部屋に忍び込むくらいは軽くやってのけるだろうが、お茶を飲んでいるのはどういうことだ。母親がお茶を出したのなら月夜は正面から訪ねてきたことになる。その上、読んでいる時代小説は間違いなく父親の部屋にあったものなので、状況がまるでわからなかった。

「お前を待ってた」

月夜はどこまでも平然としていた。

「なんでお茶飲みながら私の部屋で勝手にくつろいでるのかって訊いてるの」

「ああ、お前の母親にゆっくりしててと言われた」

早百合は階段下に向かって叫んだ。

「お母さん、なんなのよこいつは！　勝手に私の部屋に上げたりして」

「だってお友達でしょ？」という声が返ってきたので、「違うわよ！」と叫び返し、早百合は部屋に入ると勢いよく扉を閉めた。

「どういうつもり？」

バッグを荒々しくカーペットの上に放り出し、早百合は責めるように訊いた。

「任務だ。どういうつもりというなら、それこそこっちが訊きたいくらいだ」

早百合はわけがわからず訊き返す。

「なにそれ？」

「俺に与えられた次の任務は、白珠継承者である河野白鳥春名早百合の護衛だそうだ」

「私をフルネームで呼ぶなあ！」

早百合は間髪入れずに叫んでから、気持ちを落ち着かせるために大きく息を吐いた。

「……護衛ってなに？」

「名前のほうに先に反応するとは、ショーコの情報通りだな。面白い」

月夜が口端を吊り上げて笑う。

「…………」

葵遠と哲平以外には手を上げない早百合だが、この時ばかりは、本気でぶん殴ってやろうかと思った。

闇蜘蛛を倒した月夜は、忍の里直属の捜査員であるショーコ・メリムーンと共に報告書をまとめ、任務を完了。そのまま里に戻る手筈《てはず》だったが、早々に次の任務を命じられ前橋へと戻ってきたらしい。白珠継承者はもともと、忍の最上級の護衛対象だという。

「お前の両親にはすでに了解を得ている。一部屋余ってるから自由に使ってくれと、部屋まで与えられた。世話になるつもりはないし、俺はこの部屋で十分なんだけどな」

小説から目を離さずお茶を飲む月夜の言い草に、早百合のこめかみがぴくぴく震えた。

「今、さらりとすごいこと言ったわね。この部屋で十分て、私の部屋にあなたの寝るスペースなんてどこにもないわよ！」

「まあ、布団で寝たほうが落ち着くのは俺も同じだ」

「…………」

月夜の返答は根本的にズレている気がした。話が微妙に噛み合わない。どうして自分の周りにはこう変わり者が集まるのか。早百合は暗澹《あんたん》たる気分でパソコンの椅子に座った。

「……護衛の件はいいわ。認めてあげる」

白珠継承者という存在の大きさは、誰よりも早百合自身がよく知っている。

「ありがたい」

月夜は無表情のまま口だけ動かした。ありがたがっている感じはまったくない。

「その喋り方、どうにかならないの？」

「無理だな」

「……そうみたいね」

早百合は、はあ、と疲れたような溜め息を漏らした。

「それで、一日中私についてるわけ？」

「そうなるだろうな。ただ登下校時は護衛するが、学内までは関与しない」

「この前みたいに変装すればいいだけでしょ？」

「いや。学内には天城葵遠がいる。俺が必要だとは思えん」

「……ふーん」

早百合はなにかを探るような視線で月夜を見つめたが、考えるのをやめた。

「一つだけ忠告しておくわ。今度私の許可なく私の部屋に入ったら、ひどいわよ？」

「なにか問題があるのか？　ベッドの下にエッチな本が隠してあるとか？　いや、あえて探そうとはしないが」

「男子中高生か私は！」

思わず指を突きつけて大声でつっこんでしまった早百合は、肩で息をしながら、

「私は女で、あなたは男！　レディの部屋に無断で入るなって言ってるのよ！」

「…………」

月夜は鳩が豆鉄砲を喰らったような表情を浮かべたが、一瞬ののち、

「ああ、なるほど」

と、得心したように微笑んだ。

「なによ？」

早百合が訊くと、月夜は小説を閉じて横に置き、早百合の顔を見上げた。

「嘘を見破るのが得意だと言っていたが、本当にその通りなんだと思っただけさ。俺は嘘を吐いてない。だから気付かなかった。俺は男っぽいらしいからな」

「……え？」

早百合の頭に疑問符が二つ三つ浮かんだ。

「え、エ、ぇっ……えええええ〜っ」

信じ難い解答が導き出されてしまい、早百合は素《す》っ頓狂《とんきょう》な声を上げた。

「俺は女だ」

「嘘ぉ！」

「生物学上は間違いない。そうだな。証拠を見せようか。相手を黙らせるのに、早百合が好みそうな方法だろう？」

そんなことを言いながら、月夜は上着を脱いだ。ずっと長袖を着ていた月夜の素肌を見たのはこれが初めてだったが、色白のキメ細かな肌が目に眩しかった。胸部には真っ白いサラシが巻いてあり、厚い胸板は男らしいと思うこともできたが、月夜の言葉に偽りがないなら、解かれていくサラシの下には――

「なにそれ反則っ！」

その反応を満足そうに眺めると、月夜はさっさとサラシを巻き直す。

早百合は目に焼きついて離れない月夜の豊満な胸と、自分の引っ込み思案で恥ずかしがりやな胸を見比べた。

「……納得いかない」

どうして美少女とも囁かれる自分になくて、こんな男女《オトコオンナ》にあんな立派なものがあるのか。

しかし、やはり目の前の月夜が女だとは思えない。身体から発散されているオーラが男でしかないのだ。男勝りとか、そういう次元ではなく、まさに女の皮を被った男。つまりは女の偽者。となるとアレも作り物か。さすがは一流の忍――。

「なにか失礼なことを考えてないか？　女らしくないのは自分でもわかってるが、俺だって変装すれば誰から見ても女になりきれるぞ？」

「うっ……」

確かにそうだと、早百合は言葉を詰まらせた。何日か前に央城の屋上で由紀と並んで座っていた月夜は、早百合の目にも女にしか見えなかった。

「とにかく女同士だ。問題はないな」

立ち上がった月夜が、笑みを浮かべて手を差し出してきた。

早百合は面白くなさそうに、ついと視線を逸らす。

「……ふん。それで勝ったつもり?」

「ああ。今回、お前にはやられてばかりだったからな。これくらいいいだろう?」

意外な言葉に視線を戻した早百合は、「にこり」というよりも「にやり」に近い笑みを浮かべ、月夜が差し出した手を握り返した。

「それなら、今回は引き分けってとこね」


そっか。月夜は女か。そうなると見方が変わってくる。

これからの生活も、案外面白くなるかもしれない――

了

本作品はフィクションです。

あとがき

たとえば、スリッパ一つからでも原稿用紙百枚、二百枚の物語が書ける。

小説を書き始めた頃の僕に、父親が言った言葉です。読んだ小説の冊数は片手の指で足り、小説を書こうと思ったのは友達の真似でしかなかった当時の僕は、スリッパを題材にそんなに書けるわけがない、仮に書けたとしてもスリッパのなにが面白いのか、という気持ちを隠して軽く受け流していました。

振り返ると、作家を目指す者としてあまりにも情けない過去です。

スリッパ一つから生まれる物語は無数にあり、それが面白いかどうかは作者の腕次第であるということ――。それこそ、スリッパを語り手とした小説だって書くことができるのです。